CW00471242

# L'impossible oubli

# Brigitte Calame

# L'impossible oubli
*Roman*

LE LYS BLEU
ÉDITIONS

*À nos mémoires individuelles et collectives*

*À Pato, Itzel, Nayeli et Silvio*

*La mémoire n'est rien sans raconter.*
*Et raconter n'est rien sans écouter.*

Paul Ricœur

# Note de l'auteure

Ce roman est basé sur des faits réels et des événements historiques chiliens des années 80. On reconnaîtra les patronymes des vrais tortionnaires ainsi que ceux de leurs victimes ou encore des résistants à la dictature. Les lieux, les dates et la description géographique ne sont pas non plus le produit de mon imagination. Ils correspondent aux faits rapportés par les organisations qui dénonçaient les violations aux droits humains, ainsi que par les journalistes de l'époque, par des amis et par ce que j'ai vécu.

# Préface

*L'impossible oubli*, roman de Brigitte Calame, raconte une histoire : celle de femmes et d'hommes qui passèrent leur vie à défendre les valeurs de la démocratie et de l'humanisme, celle d'une fille et d'un jeune homme libres qui décidèrent d'être, de vivre, d'aimer.

Les faits importent autant que l'écriture poétique, fluide, aérée. On plonge dans le siècle et ses tourments, ses hésitations et ses révoltes, ses coups de gueule et ses coups de griffes, ses cris et sa force de rébellion. On navigue dans l'histoire, la petite et la grande avec un « H » majuscule. On plonge au cœur des événements, on vit les histoires avec Anna, avec Mario, avec les parents, les amis, les camarades des combats.

Le roman démarre dans un château provençal et dans un quartier ouvrier chilien, puis nous entraîne dans un tourbillon de voyages, de refuges et d'exils en Amérique latine et en France. Ce récit choral plonge le lecteur dans les années 70 et 80, dans les méandres et les cauchemars d'une dictature chilienne sanguinaire et raconte l'espoir de la démocratie et d'un monde meilleur.

En près de 200 pages, Brigitte Calame montre sans démontrer, suggère sans insister. Elle ravive notre mémoire, si têtue. Cette mémoire qui lutte sans cesse contre l'amnésie et l'oubli.

Chères lectrices, chers lecteurs, prenez le large avec elle et laissez-vous emporter par ce roman émouvant et puissant duquel on ne sort pas indemne.

Maria Poblete,
Écrivaine

# Origines

Paul, le père, était né entre les deux guerres, juste après le crash boursier de 29 et dans une Suisse romande qu'il n'aimait pas. Il avait grandi avec beaucoup de culpabilité dans la religion calviniste et dans un pays qui avait pour horizon des montres et des horloges, des vaches et des pâturages, des montagnes et des lacs, du fromage et du chocolat. Ses grands-parents étaient paysans, mais son père avait troqué la campagne suisse pour la ville et pour un métier de petit fonctionnaire qui le frustra toute sa vie. À vingt ans, ne voulant pas lui ressembler et n'ayant pas pu faire les beaux-arts – ce n'était pas des études faites pour de vrais hommes –, Paul, qui rêvait de prendre le large et de connaître la mer, connut ma mère, disait Anna qui aimait raconter la rencontre romantique de ses parents.

Après avoir travaillé l'été sur un chantier pour se faire quatre sous, le jeune étudiant du Technicon de la Chaux-de-Fonds avait enfourché son vélo – qui n'avait pas de vitesses – pour descendre dans le sud de la France en longeant le Rhône. Arrivé à Port-Saint-Louis, les moustiques le dévorèrent mais ne l'empêchèrent pas de s'extasier devant l'étendue de la Méditerranée. Face à l'iode et au sel, il fit le serment de la sillonner un jour. Il rejoignit ensuite la ville de Marseille encore ébréchée par des bombardements qui l'avait détruite quelques années auparavant. Il peignit tout de même le Vieux Port, puis en remontant, il parcourut la Camargue, traversa Arles en rêvant de Van Gogh, s'attarda dans les Alpilles. Il découvrit pour la première fois les oliviers tortueux et le chant des cigales. Il aimait cette nature qui sentait le thym et le romarin.

Pour couronner son échappée, il dormait à la belle étoile en attachant son vélo à son poignet gauche afin d'avoir la main droite prête à frapper en cas d'assaut. Cependant, en arrivant tout près d'Avignon, le tonnerre et les éclairs annoncèrent un gros orage. Il s'approcha donc d'une ferme et demanda refuge.

— Je peux dormir dans la grange ?

— Au-dessus de la bergerie, lui rétorqua, sur un ton bourru, un paysan venu d'Italie.

Le lendemain, il attendit que la pluie se calmât pour repartir. En début de matinée, le mistral commença à balayer avec furie les nuages venus perturber la fin de l'été. Il remplit sa gourde de l'eau du puits et était prêt pour reprendre la route lorsqu'il aperçut Antoinette.

Elle descendait de son petit cheval camarguais blanc. Elle avait vingt ans et venait chercher du lait pour les siens. Elle n'était pas spécialement jolie et apparemment sa timidité ne lui permettait pas de regarder les gens en face, si bien que Paul eut l'impression qu'elle souffrait d'un petit strabisme.

C'était une jeune fille, petite, mince mais musclée, une sportive aux cheveux châtains, au nez aquilin très prononcé, aux yeux qui changeaient du jaune au vert-gris selon la lumière du jour. Lui, à ses côtés, semblait un géant. Non seulement il était grand pour l'époque mais de plus c'était un bel homme dont les poils avaient doré au soleil et les mollets gonflés sous l'effort du pédalage. Ils se parlèrent en se vouvoyant. Elle lui posa des questions. Il lui raconta son aventure, lui montra ses peintures et elle l'invita à passer au château.

Antoinette habitait à cinq kilomètres de Tarascon, dans le château Les Mouttes, une construction qui avait été le pavillon de chasse du Roi René, duc d'Anjou et comte de Provence, contemporain de Jeanne d'Arc. C'est dans ce petit château acheté par un de ses ancêtres, qui se disait descendant d'un chevalier du bon roi qui participa aux dernières batailles de la guerre de Cent Ans, que la jeune fille grandit dans une famille de paysans très atypiques.

Intrigué par ce regard fuyant d'Antoinette, Paul, n'étant pas pressé de rentrer chez lui, accepta son invitation et lui emboîta le pas. À travers les champs et à vol d'oiseau, la demeure d'Antoinette n'était qu'à une demi-heure à pied de chez le laitier. Ils longèrent des rizières, puis laissèrent de côté de vieilles vignes avant d'atteindre la ferme attenante au château.

Une énorme cave se dressait dans une cour abritée qui sommeillait sous d'énormes platanes. Plusieurs corps de bâtiments semblaient protéger le château. Un petit canal, appelé roubine, en faisait le tour et du côté nord, un pont donnait accès à un grand parc ombragé. Mais Paul ne vit pas les arbres tout de suite car il entra dans la maison par le sud, du côté de la terrasse et de la salle à manger.

Il eut l'impression de pénétrer dans une autre époque : Antoinette et les siens habitaient dans une immense demeure sans aucun confort. Il n'y avait pas de salle de bain ni d'eau chaude ; pas de téléphone ni de radio. Chez un Suisse citadin des années 50, cela était impensable. La salle à manger, qui mesurait près de 80 mètres carrés, vivait les volets fermés. Le salpêtre rongeait les murs et montait presque jusqu'aux tableaux qui les décoraient. Obscurcis par le poêle à charbon, qu'on n'allumait en hiver que pour les grandes occasions, on devinait à peine les paysages bucoliques peints par des artistes anonymes de la fin du XVIIIᵉ. L'obscurité de l'intérieur contrastait avec la lumière aveuglante du dehors.

Nonobstant, l'essentiel de la vie se déroulait dans une grande cuisine tapissée d'une énorme batterie de cuisine en cuivre et autour d'un poêle sur lequel, jour et nuit, été comme hiver, bouillait l'eau qui servait aussi bien à préparer les repas qu'à laver dans une bassine le cul des merdeux. Les bains d'ailleurs n'avaient lieu qu'une fois par semaine et il fallait frotter très fort pour faire disparaître la crasse incrustée au niveau des chevilles et à l'arrière des oreilles des enfants. Pour le reste, trop délabrées pour être entièrement habitées, plusieurs ailes du château étaient condamnées. C'était un château qui tombait en ruine et n'avait absolument pas la majesté de la belle forteresse médiévale de Tarascon où vécut le roi René en surveillant le Rhône.

Lors d'un deuxième séjour, Paul découvrirait cependant des aspects plus attrayants de ce petit pavillon de chasse qui avait tout de même sa chapelle avec ses reliques Renaissance et trois salons en enfilade avec des plafonds à la française, lesquels, habillés de vieux meubles, faisaient des envieux parmi les antiquaires. Chaque salon correspondait à une saison. Le premier, tout de bleu vêtu, était celui d'hiver. C'est celui qu'on utilisait en permanence car Juliette, la mère d'Antoinette, y passait des heures à jouer du piano. Une cheminée, que son mari Ricardo allumait religieusement tous les matins d'automne, hiver et printemps, et qu'il entretenait toute la journée, permettait de réchauffer ceux qui ne s'en éloignaient pas trop. Le deuxième, en revanche, demeurait clos une grande partie de l'année. Dans ses quatre coins, il y avait des colonnes en stuc, imitation marbre, sur lesquelles reposaient des bustes sculptés des ancêtres de la famille qui semblaient dévisager ceux qui venaient perturber leur éternelle tranquillité. Ailleurs, on pouvait admirer un mobilier Louis XV avec un canapé canné en hêtre mouluré, reposant sur huit pieds cambrés, et six fauteuils assortis. C'est dans ce salon qu'en été on se mettait à l'abri de la chaleur. On pouvait y ouvrir des portes qui donnaient au nord comme au sud, ce qui permettait, tout en laissant les volets mi-clos, de bénéficier d'un courant d'air non négligeable en période de forte canicule. L'ouverture vers le sud donnait d'ailleurs sur la terrasse dallée qui se trouvait en plein cagnard, comme on aime appeler dans cette région le soleil qui chauffe à l'intersaison les vieux jours des personnes âgées. Par la terrasse, on accédait à gauche à la salle à manger et à droite au troisième et dernier salon. C'était le salon rouge ou encore celui de lecture, la bibliothèque se trouvant dans la tour attenante. Malheureusement, la bibliothèque était abandonnée aux toiles d'araignées et à la poussière, car même si Juliette s'intéressait aux archives, dans la famille, personne n'était vraiment attiré par les livres. On préférait les courses camarguaises et les chevaux aux savoirs écrits.

Paul, en revanche, aimait les livres et les antiquités, et même s'il avait été élevé au rythme des métronomes, le côté peu fonctionnel de ce foyer finit par le séduire. Quant à la mère d'Antoinette, elle trouva en lui un jeune homme cultivé qui, contrairement à ses enfants, savait apprécier les belles choses héritées de ses ancêtres et avec lequel elle pouvait partager sa passion pour la musique.

Il s'intéressait effectivement à la musique, à la peinture et au travail méticuleux des artisans d'art. Il admirait les œuvres des ébénistes qui, du temps de Louis XIII, avaient su sculpter dans la masse d'un noyer des buffets et des armoires aux moulures fortement saillantes et aux vantaux en pointes de diamant. Il appréciait la beauté du geste mais aussi celui laissé par la patine du temps. L'élégance des fauteuils et commodes Louis XV le ravissait et il s'extasia à l'étage, dans l'antichambre, devant huit immenses armoires qui gardaient jalousement les secrets, les linges et la vaisselle de la famille Montfrein. Si bien que très rapidement et malgré la distance, Paul devint un habitué du château et d'Antoinette qu'il passait voir chaque fois qu'il partait en voyage. Car fidèle à ses rêves, il ne renonça pas à son projet de connaître la mer de l'intérieur et un an et demi après leur première rencontre, son diplôme de mécanicien en poche, à Port-de-Bouc, non loin du château, il s'embarqua pour l'Orient sur un pétrolier.

Il alla jusqu'en Arabie Saoudite et en passant entre la Sicile et l'Italie, il envoya une bouteille à la mer contenant sa première lettre d'amour à Antoinette, la fille de Juliette dont le souvenir agitait ses nuits de matelot. Il aurait voulu naviguer longtemps, mais après un premier voyage vers l'est où il devina l'Égypte et le désert, sans mettre pied à terre, il rentra un peu bredouille. Le navire n'était pas très en forme et l'armateur fit vite faillite si bien que Paul se retrouva en plein hiver de retour dans son Jura suisse sans espoir de réembarquer. Déprimé, il travailla un peu dans une fabrique de montres tenue par le père d'un ami d'enfance. Ensuite, il décida d'épouser Antoinette qu'il avait appris à aimer à distance.

Au cours de l'été 54, il y eut bien évidemment la rencontre des parents, des frères et sœurs et des copains. Juliette n'était pas très agréable. En pleine ménopause, elle bataillait, sans en parler, contre ses bouffées de chaleur, sa sécheresse vaginale, son manque de libido. Fâchée en permanence, elle ne supportait plus personne et moins encore son mari Ricardo qui l'exaspérait. Néanmoins, le mariage eut lieu après Noël. L'ambiance fut austère car un des frères d'Antoinette était absent et personne n'avait le cœur à faire la fête. Chez Juliette d'ailleurs on ne savait pas faire la fête. On savait manger. On aimait se mettre à table pendant de longues heures en parlant de tout et de rien, de la pluie et du beau temps, des récoltes et des semences, des voisins et de la famille.

La cérémonie religieuse eut lieu dans la chapelle du château. Juliette réussit, non sans mal, à trouver un curé qui accepta de marier sa fille à ce protestant venu de l'est. À l'époque, ces mariages n'étaient pas bien vus et on en parla beaucoup du côté de Tarascon, comme on avait aussi jasé, pendant des décennies, sur l'alliance de Juliette et de Ricardo.

# Mario

Petit, je vivais dans *un cité*, dans un quartier ouvrier de Santiago. *El cité* est une typologie architecturale qui de nos jours tend à disparaître dans cette ville latino-américaine tombée depuis longtemps entre les mains de spéculateurs en tout genre. Mais les nostalgiques d'un temps plus humain arrivent toujours à en dénicher quelques-uns dans le centre historique de cette capitale défigurée. Il s'agit en effet d'un ensemble de petits logements ouvriers de la fin du XIX$^e$ siècle, construits en pisé de part et d'autre d'une allée centrale. Cet espace commun, envahi par la marmaille des locataires, donnait naissance à une identité de quartier : on grandissait avec les voisins tout en respectant l'espace privé de chaque famille qui se résumait à quarante mètres carrés divisés en deux pièces où s'entassaient petits et grands. Ces deux pièces donnaient sur une petite cour où se trouvaient les w.-c., auxquels on accédait dans le noir et avec frayeur la nuit tombée.

La douche n'existait pas, mais on prenait notre bain une fois par semaine dans une bassine en bois afin d'enlever *el piñen*, la crasse, de derrière nos oreilles et entre nos doigts de pieds. L'eau chaude, on ne l'obtenait qu'en la chauffant dans d'énormes bouilloires qui restaient toute la journée sur le feu alimenté par du charbon de bois. En hiver, la neige de la Cordillère se faisait sentir et l'eau du robinet était si gelée qu'elle provoquait de douloureuses engelures à nos mères.

J'ai vécu jusqu'en 1963 avec mes quatre frères et ma sœur, dans l'un de ces *cités* que nous avons quitté lorsque j'avais dix-sept ans pour aller à *Lo Valledor*. Nous dormions tous dans la même chambre et nous avions pour voisins des cousins de mon père, de nos âges, qui

21

étaient au nombre de neuf. Ma grand-mère, madame Inès, était une Espagnole qui avait traversé l'océan Atlantique, puis la Cordillère, avec ses sœurs vers 1890, en fuyant, comme beaucoup, des temps difficiles sur sa terre de Castille. En arrivant dans ce nouveau monde, qui tournait le dos à l'Occident, elle avait assez rapidement épousé un Chilien, peu tendre, qui mourut de tuberculose encore plus rapidement en la laissant seule avec deux enfants qu'elle éleva, grâce à Dieu, communiste. Oui, c'était une chrétienne qui prêchait dans sa petite épicerie le marxisme aux fidèles qui n'arrivaient pas à effacer leur ardoise. C'était l'époque où, au Chili, on n'achetait pas les denrées par paquet ni par litre.

— Madame Inès, pouvez-vous me donner dix centilitres d'huile ? Vous le marquez pour la prochaine fois ?

Ce n'était évidemment qu'une question rhétorique car l'argent gagné par les maris s'épuisait avant la fin de la semaine sans que les femmes en voient la couleur. Il arrivait souvent qu'une fois la paie dans la poche, à leur grand désespoir, leurs pauvres bougres d'époux revenaient ivres à la maison sans le sou. Mais ma grand-mère était très compréhensive et mettait tout ça sur le compte de l'exploitation et de la lutte des classes.

Je me souviens, alors que j'avais à peine trois ans, ou parce qu'on me l'a tellement raconté que je la vois faire, qu'à l'époque de la loi maudite, qui proscrivit à partir de 1948 le Parti communiste en envoyant en exil le poète et sénateur Pablo Neruda, elle cachait le journal du PC dans les grands sacs de riz. Ensuite, à la lueur de sa lampe à pétrole, elle lisait le journal interdit. Elle cachait aussi l'eau-de-vie dans des chambres à air et en vendait en catimini à ceux qui venaient s'abreuver le soir après une journée de labeur. Il fallait bien que les affaires marchent pour pouvoir nourrir tout ce monde qui dépendait d'elle. Car non seulement elle avait pris sous son aile protectrice ses enfants, petits-enfants et neveux, mais aussi deux de ses sœurs qui préférèrent le célibat au mariage dans ce pays où le machisme rendait l'amour difficile. Puis à tous ces gens vinrent s'ajouter des orphelines, filles d'une compatriote, qu'elle recueillit et éleva comme elle put. L'une d'entre elles, Aurora, devint d'ailleurs une grande femme d'affaires qui ouvrit des années plus tard « *La casa de cristal* », un bordel de grande renommée à Rancagua, où descendaient s'abreuver les mineurs qui travaillaient à Sewel, une mine de cuivre nichée dans la Cordillère des Andes à soixante kilomètres de la ville. Mais ça, c'est déjà une autre histoire.

Comme le commerce de madame Inès était à l'entrée du *cité*, elle avait le regard sur les mouvements de chacun dans cet espace où les enfants allaient et venaient avec insouciance. Nous grandissions d'ailleurs avec nos pantalons rapiécés, qui devenaient vite trop courts, et une seule paire de chaussures à l'année que nous devions enlever dès le retour de l'école. École qui ne se trouvait pas la porte à côté. Il fallait une bonne demi-heure de marche, sous la pluie hivernale, pour s'y rendre en *patota*, en bande. Car nous ne nous déplacions qu'en *patota*, c'est-à-dire à plusieurs afin de pouvoir faire face aux autres, toujours considérés comme des voyous alors qu'ils ne l'étaient pas plus que nous.

Pour ma part, je n'aimais pas les bagarres. Mais mes cousins si et ils s'amusaient toujours à les provoquer. Il leur suffisait de pas grand-chose : d'un regard, d'un juron, d'un crachat pour que tout s'enflamme. Je gardais, dans ce cas-là, mes distances ; j'étais toujours à l'écart. J'étais d'ailleurs le *calladito*, celui qui ne parlait pas. À mon grand désespoir, ma mère se vanterait pendant des décennies de mon mutisme :

— Une fois, la maîtresse m'a appelée pour savoir si Mario était muet. Cette histoire-là faisait rire et elle ajoutait : il était tellement sage qu'il pouvait passer des semaines sans prononcer un mot.

À vrai dire, tout le monde parlait à ma place et j'avais peu d'espace pour m'exprimer. Si bien que je commençai à dessiner, à faire des caricatures de ceux qui m'entouraient, à passer des heures à regarder les autres vivre avec ou sans leurs contradictions. C'est ainsi que les années de mon enfance s'écoulèrent entre rires et quelques pleurs réprimés, car au Chili les hommes en ces temps-là ne pleuraient pas.

L'été était l'époque la plus heureuse et nous l'attendions avec impatience. Il arrivait rapidement après la fin de l'année scolaire. Il commençait à Noël, avec un pauvre père Noël ruisselant sous sa barbe blanche et son habit rouge en feutrine, qui ne distribuait que très peu de cadeaux car il n'en avait jamais assez pour tout le monde. Nous, nous étions plus chanceux que les autres : nous avions un père non seulement bricoleur mais très créatif qui fabriquait pour chacun de ses six enfants le jouet dont chacun rêvait.

Mon père était le fils de madame Inès. Grand, blanc, aux yeux verts, il avait plus une tête de *gringo* que de Chilien. Mais cela ne l'empêchait pas d'être pauvre. Il avait commencé à travailler très tôt en cirant les chaussures des autres, alors que lui-même n'en avait pas. Il avait grandi en détestant son père et en vénérant sa mère. C'était grâce à elle qu'il s'était construit et il était devenu dans le quartier une figure aussi importante que Madame. Seulement, contrairement à elle, il n'était pas croyant et était en conflit permanent avec le curé de la paroisse qui refusait de donner la communion aux enfants de communistes.

— Beh si tu veux pas les communier, je vais voir la paroisse d'à côté, pauvre blaireau. Tout compte fait, c'est la même merde avec un parfum différent !

Mon père supportait tellement peu le curé que pour lui tenir tête, il avait même créé l'équipe de basket *La estrella polar,* l'étoile polaire*,* qui régulièrement jouait contre *La santa fé*, la sainte foi, de l'église. Comme les matchs étaient d'ordre idéologique, les insultes fusaient de part et d'autre et ils finissaient régulièrement en bagarre rangée.

— Enlève ta soutane espèce de *huevón* et viens te battre comme un vrai homme, criait mon père en rajoutant des jurons qui défrisaient les pudibondes.

Les injures cessèrent le jour où l'homme à la soutane rendit l'âme dans les bras d'une de ses brebis égarées. Tous savaient que, même s'il prêchait la bonne parole, le représentant de Dieu sur terre ne boudait pas les plaisirs de la chair et comme dans le quartier, dès que quelqu'un passait l'arme à gauche, on s'empressait de venir chercher mon père, spécialiste en vêtir les morts, il fut à cette occasion appelé à la rescousse.

— Don Barta, faites vite avant qu'il ne refroidisse.

Et Bartolo, contraction de Bartolomé, se dépêcha de venir en aide à celui qui venait de franchir le pas vers le repos éternel pour habiller, malgré lui, le curé défroqué, trouvé tout nu dans un lit maculé de péché.

Hormis ce passe-temps, Bartolo travaillait dans une fonderie. À midi, à tour de rôle, nous, les trois aînés de ses enfants, étions chargés de lui apporter *la vianda*, la gamelle avec le repas préparé par notre mère. Parfois, nous repartions avec le récipient métallique qui nous arrachait le bras : il nous le rendait plein de boulons et d'écrous et tellement lourd que nous avions du mal à repasser devant le gardien en faisant semblant d'être à vide. Pour lui, ce n'était évidemment pas du vol, ce n'était qu'une simple et légitime expropriation. Les salaires étaient très bas et la journée de huit heures demeurait une revendication ouvrière dont les patrons faisaient fi. Le Chili pourtant se targuait d'être un pays développé par rapport à ses voisins latino-américains qu'il considérait comme peuplés d'Indiens analphabètes. Il est vrai que les mineurs étaient syndiqués et ne se laissaient pas marcher sur les pieds. Ce qui avait entraîné, au début du XX$^e$ siècle, des massacres et des répressions féroces de la part de gouvernements de droite. Répressions que l'histoire voulut oublier afin de nous faire croire que nos hommes politiques et nos Forces Armées étaient bien plus humains que ceux et celles des autres pays latino-américains.

Pour nos gouverneurs, nos peuples originaires n'existaient pas. Et même si une grande majorité de Chiliens, avons du sang *mapuche* ou *aymara* qui coule dans nos veines, les Indiens, comme on les appelait, ne semblaient pas appartenir à la Nation. On voulait encore une fois nous faire croire que nous étions tous descendants d'Européens.


Ma mère, La Chabela, diminutif d'Isabel, était d'origine *mapuche*. Elle n'avait d'ailleurs pas vraiment connu son père, un homme qui aimait faire la fête et qui quitta sa femme, Maria, et son enfant du jour au lendemain en annonçant qu'il allait acheter des cigarettes. La Chabela n'avait que quatre ans. Pour suivre sa mère, elle dut laisser son village natal de Curico et immigrer à Santiago. Dans le *barrio alto*, les quartiers riches, ma grand-mère, Maria, trouva du travail, comme la plupart des M*apuches*, en tant qu'employée de maison et couturière chez Don Sergio et Doña Rosa, des bourgeois qui ne la maltraitaient pas et qui l'acceptèrent avec sa fille qui devint l'enfant de compagnie de Bernarda, leur progéniture capricieuse.

Bernarda et ma mère avaient à peu près le même âge si bien que les deux gamines s'élevèrent ensemble. De cette période, La Chabela en garda toujours un grand regret car elle connut des moments de bonheur. Elle accompagnait sa maîtresse, qu'elle considéra toute sa vie comme sa sœur, au théâtre, à l'opéra, et avait accès à des activités culturelles qui a priori n'étaient pas pour les filles de son rang social. Mais ce conte de fées s'évapora le jour où Maria tomba enceinte de mon oncle Fernando et dut quitter rapidement le foyer de ses patrons. Après ce départ précipité, ma mère, qui resta chez Don Sergio et Doña Rosa, devint à son tour leur domestique et dut renoncer aux privilèges dont elle avait joui jusque-là.

Toute cette partie de la vie de ma mère était un peu mystérieuse et bien des décennies plus tard, je compris pourquoi : mon oncle Fernando, n'était autre que le fils du gentil bourgeois qui abusa de ma grand-mère sous son propre toit et au vu et su de son épouse. Contrairement à sa sœur, qu'on appelait *negra curiche*, noire et encore de peau noire en *mapudungun*, langue des Mapuches, il était grand, avait la peau et les yeux clairs. Tout le monde savait que le frère et la sœur n'avaient pas le même père, mais le secret de famille ne me permit pas d'imaginer que mon *tío*, mon oncle, était le fils de celui qui avait tendu la main à ma grand-mère et à sa fille à leur arrivée dans la capitale.

Je ne sais pas si cet oncle connaissait l'identité de son père. Mais ce que je sais c'est qu'il avait toujours un sentiment de supériorité vis-à-vis de sa sœur et de nous, sa famille. Contrairement à La Chabela, il fit des études. Ensuite, il trouva un poste de responsable du laboratoire de biochimie de l'Université Catholique fréquenté par des étudiants et des chercheurs. Il avait donc un bon train de vie et nous toisait du regard.

Puis, il devint démocrate-chrétien, admirateur de Kennedy et des *self-men-made*. Évidemment, il ne partageait pas notre engagement politique. Aussi, pendant les années d'Unité populaire, lorsque les tensions s'exacerbèrent dans le pays, nous sommes devenus des ennemis et peu après le putsch militaire du 11 septembre 1973, quand je l'ai eu au téléphone pour lui donner des nouvelles de sa sœur, il m'a crié :

— Dis-moi où vous avez caché vos armes, sales communistes !

À ce moment-là, mon frère aîné, Pepe, s'était réfugié à l'ambassade du Mexique, mon petit frère Seba était parti de la maison pour entrer dans la résistance et moi j'essayais de me faire oublier.

# Au château

Née à Paris alors que le XX$^e$ siècle n'avait que deux ans, Juliette vécut le vingtième siècle avec ses traumatismes individuels et collectifs. Elle perdit tout d'abord son père à l'âge de 5 ans et ensuite, lors de la Première Guerre mondiale, son seul frère, Oscar qui s'écrasa avec son avion le 12 juillet 1915, à l'âge de vingt-deux ans, non loin de Denting, en Lorraine annexée.

Oscar était polytechnicien et riche. Il conduisit la première automobile de toute la Provence et il construisit son avion sous le regard émerveillé de sa sœur, de dix ans sa cadette. C'était un dandy qui profitait de sa noblesse et de l'argent amassé par un grand-père qui avait participé au financement de la construction du canal des Alpilles et, en tant qu'anthropologue, avait défendu l'idée que seul le mélange des races pouvait créer une grande révolution.

Oscar était cultivé et moderne. Mais, à sa mort, il ne resta de lui qu'une stèle érigée sur le lieu de l'accident et au château, un avion à hélice à moitié construit, quelques photos sépia et, dans une boîte en métal, des vestiges de l'accident : un bout de carte, un morceau d'aile de l'aéroplane qui avait volé en éclat, un bouton, une lanière et puis un semblant de cuir chevelu, quelques poils accrochés à une peau desséchée. Juliette gardait ces reliques précieusement. Presque personne n'eut accès à la boîte en métal. Seule sa petite fille Anna, avec laquelle elle partagea après l'âge de soixante ans ses souvenirs, vit un jour l'ensemble du trésor gardé dans cette sorte d'urne funéraire.

Restée seule avec sa mère dans ce château trop grand pour elles deux, à la mort de son frère, Juliette eut l'impression de se laisser mourir. Comme il se devait à cette époque-là, les deux femmes endossèrent le deuil et renoncèrent bien évidemment à la couleur, à la musique et aux rires. Le noir teinta leur vie et pendant plusieurs années, il n'y eut que la prière pour apaiser leur chagrin et leur solitude.

Les amis insouciants d'Oscar qui, avant la guerre, venaient au château, disparurent avec lui et Juliette, à l'âge de 13 ans, sombra dans une profonde mélancolie. Pendant plusieurs années, elle se sentit creuse, sans souffle. Les pourquoi restaient sans réponses et le Seigneur était incapable de lui donner des mots pour pallier son sentiment d'injustice.

Avant cette perte, la guerre n'avait été qu'un long poème épique. Elle décrivait dans son journal intime la beauté des tirailleurs sénégalais qu'elle était allée voir sur l'île de la Barthelasse, aux bords du Rhône, à Avignon.

*Depuis le 7 février 1912, un décret stipule que les indigènes de race noire du groupe de l'Afrique-Occidentale française peuvent en toutes circonstances être désignés pour continuer leur service en dehors du territoire de la colonie. La durée du service actif est de quatre ans et on cherche des marraines pour ces indigènes de la République qui se trouvent loin de chez eux. J'ai rencontré Mohamed et Sekou, je leur ai proposé de devenir leur marraine et de leur écrire. Ils sont tellement vaillants et beaux dans leurs uniformes de tirailleurs !*

À la mort d'Oscar, l'adolescente interrompit ces échanges épistolaires. Une longue nuit allait entrer dans son cœur. Il lui fallut ensuite attendre plusieurs étés pour reprendre la plume et remplir des pages vierges qui trahissaient son manque de joie. Continuer à respirer. Comment se convaincre qu'avec le temps tout reprendrait du sens alors que sa tête s'était alourdie et ses poumons rétrécis ? Quelle soustraction : sa vie sans lui, avec leurs promesses mutuelles de beaux lendemains interrompus. C'est ainsi qu'elle fut suspendue longtemps au fil de l'histoire trop courte de son frère disparu en territoire allemand.

Cependant, Juliette hérita de tous ses biens et à la mort d'abord de son frère et ensuite de son parrain, qui n'eut pas d'enfants ou encore de sa tante qui était dans les ordres, elle se retrouva avec des responsabilités et une fortune foncière considérable qu'elle ne savait comment gérer. Puis début 1919, la grippe espagnole vint frapper à sa porte alors que les infrastructures sanitaires étaient débordées par quatre années de guerre. Elle fut très affaiblie par cette pandémie qui n'épargna pas grand monde, mais elle y survécut.

Arrivée à l'âge adulte, sa mère essaya de la marier à des bourgeois qui auraient pu faire fructifier son capital. Mais Juliette se méfiait de sa mère, une arriviste peu scrupuleuse, une bourgeoise sans nom qui était de connivence avec son notaire. Rebelle, la sœur d'Oscar ne supportait pas l'idée qu'on veuille la caser, ou la vendre – dira-t-elle à sa petite fille Anna – en échange de sa dot. Alors elle refusa tous les prétendants qui l'approchaient. Elle gardait ses distances avec les hommes tout en rêvant d'enfants. C'est ainsi qu'à l'âge de 28 ans, voyant dans le miroir comment commençaient à apparaître les premiers cheveux blancs dans sa chevelure blond vénitien, elle décida d'épouser Ricardo, son travailleur émigré espagnol, peu instruit mais qui connaissait les secrets de la terre et était devenu depuis quelques années son bras droit.


Ricardo était arrivé très jeune au château. Il avait rejoint son père pendant la Première Guerre mondiale alors qu'il n'avait que quatorze ans. C'était un jeune homme très débrouillard. Il savait se rendre indispensable et avec le temps, il était devenu pour ces dames Montfrein le garçon à tout faire. La mère de Juliette l'aimait bien d'ailleurs ce petit. Il était séduisant, vif, serviable et toujours de bonne humeur. Il égayait tout ce qu'il touchait et faisait rire la galerie avec ses blagues racontées dans un français approximatif. Car à vrai dire, il n'apprit jamais vraiment bien le français. Comme il venait d'un village perdu de *Castellon* et qu'il n'était resté qu'une année sur les bancs de l'école, il ne parlait pas non plus très bien espagnol. Sa langue maternelle était le *valencia*, une langue qui ressemblait au provençal qu'on parlait encore dans les campagnes françaises du sud-est. Aussi, Ricardo baragouinerait, pendant presque toute sa vie, un mélange de ces langues romanes sans jamais en parler une de façon correcte. Ses petits enfants se moqueraient d'ailleurs gentiment de lui en lui faisant répéter *sens dessus dessous* ou encore *maison et maçon*. Les u et le son z étant évidemment imprononçables pour lui.

À 21 ans, à sa majorité, il dut rentrer chez lui. L'heure du service militaire avait sonné, seule manière pour les garçons de l'époque de sortir de l'adolescence et de devenir homme. Depuis quelques années, dans le but d'étendre son contrôle sur les territoires au nord-est du Maroc, Madrid était en guerre. Si bien qu'aussitôt son uniforme de bidasse endossé, Ricardo fut envoyé, comme tous les enfants de pauvres, sur le front. Dans ces montagnes du Rif, qui parlaient arabe, il fit presque trois ans de guerre en voyant ses camarades tomber les uns après les autres à ses côtés sans jamais comprendre ce qu'ils étaient venus faire dans cette galère. En homme chanceux, il put atteindre le jour de la quille sans une égratignure mais, tout de même avec quelques traumatismes qui l'amèneraient ensuite à parler avec véhémence, lorsqu'il aurait bu un verre de trop, de ce qu'il avait vécu dans ce pays du Maghreb.

Une fois son service militaire fini, n'en revenant pas d'être encore en vie, il décida de profiter de sa bonne étoile et de retraverser les Pyrénées pour tenter sa chance, à Paris cette fois. Dans la Ville Lumière, il voulait ouvrir un petit commerce et construire son avenir loin de la misère de son village et des affres des combats.

Le train, qui l'éloignait de chez lui, bordait très longtemps la Méditerranée avant de bifurquer vers Paris en suivant le Rhône jusqu'à Lyon. Ce train, qui mettait plusieurs jours pour atteindre son terminus, passait devant le château de ces dames Montfrein. Si bien que fatigué par un voyage qui semblait s'éterniser, il décida de descendre en route pour saluer ses anciennes patronnes.

Juliette l'accueillit comme on accueille un vieux camarade et lui demanda de rester. Il y avait beaucoup de travail dans les champs. Elle n'avait pas les épaules pour diriger toute seule ses ouvriers agricoles et s'occuper des trois grandes propriétés qu'elle avait reçues en héritage avec plusieurs maisons et des centaines d'hectares de montagnette. Il fut donc son contremaître jusqu'au jour où elle lui demanda ce qu'il pensait d'un tel monsieur Pabeau qui la voulait pour épouse. Si monsieur Pabeau avait osé la demander en mariage, alors pourquoi pas moi se dit Ricardo dont le cœur frémissait au contact de sa maîtresse. L'histoire ne raconte pas s'il la toucha ou l'embrassa. L'histoire raconte simplement qu'ils se marièrent au printemps suivant et que Ricardo aima Juliette à la folie.

Elle, elle l'aima à sa manière : c'était quelqu'un d'autoritaire et avait besoin d'être obéit. C'était malgré tout une aristocrate qui avait du mal à accepter les contraintes. Elle n'avait fait d'ailleurs qu'un jour d'école. À l'âge de six ans, on l'avait mise chez les religieuses et elle voulut savoir si sous leur voile, ces femmes mariées à Dieu avaient le crâne rasé, comme le lui avait dit son frère. À la récréation, elle ne trouva rien de mieux que d'arracher cette partie de l'habit d'une de celles qui avaient choisi de remettre sa vie entre les mains du Seigneur. Cette curiosité lui valut une expulsion qu'elle choisit de qualifier de définitive.

On troqua donc l'école pour un percepteur dévoué qui lui apprit à écrire sans faute et à compter suffisamment pour ne pas se faire berner. Chez elle, venait aussi un professeur de piano qui lui laissa croire qu'elle deviendrait un jour une grande concertiste. Elle ne le devint jamais même si cet instrument ne la quitta pas d'un pouce et qu'il ne se passa pas un jour où elle ne le fit vibrer sous ces petits doigts potelés. Les sonates de Beethoven et la Polonaise de Chopin lui faisaient oublier les déboires de la vie. Plus tard, elle aima jouer à quatre mains avec sa petite fille Anna, avec laquelle elle sut, à l'âge de la retraite, partager sa passion.

Une fois mariée à Ricardo, elle dut s'habituer à accepter dans son lit l'espagnol qui n'avait d'yeux que pour elle. Elle fut plusieurs fois enceinte et accoucha de plusieurs garçons mort-nés. Puis elle finit par avoir deux filles, dont Antoinette était l'aînée et deux garçons. Sa dernière naquit en 1943 alors que les Allemands occupaient le château. Ils étaient arrivés un matin avec leur blindé devant le portail qui donnait sur le parc. Ricardo s'était empressé d'aller les voir pour qu'ils ne démontent pas l'entrée avec leurs engins de guerre et leur indiqua comment accéder à la propriété en passant par la ferme. C'est ainsi que les *boches*, comme on les appelait, s'installèrent quelques jours dans une aile du pavillon de chasse du Roi René.

Aussitôt sur place, les militaires ordonnèrent qu'on leur donnât les poules et les volailles de la basse-cour pour nourrir leur contingent. Ils voulaient aussi le cochon.

— C'est un verrat, un porc non castré, sa viande n'est pas bonne, pas comestible, mentit l'espagnol qui tenait à conserver l'animal vivant.

Fort heureusement, la cohabitation avec les hommes du *Führer* fut brève. Mais on était en guerre. Il y avait des cartes de rationnement et même si chez Juliette on ne manqua jamais de nourriture, ce furent des années difficiles pour l'héritière aristocrate car la femme de Ricardo dut mettre la main à la pâte alors qu'elle avait été élevée pour être servie et donner des ordres.

Les domestiques, avec le temps, avaient vieilli ou s'étaient éteints les uns après les autres, sans être remplacés. Si bien qu'à quarante ans, avec des émeraudes et des diamants pleins les doigts, Juliette dut apprendre à cultiver son potager, à faire la soupe, non seulement pour nourrir les siens, mais aussi pour les nécessiteux et les chiens qu'elle recueillait. Elle dut s'occuper de ses poules et de ses cochons.

Profondément catholique, elle n'hésitait pas à venir en aide à ceux qui étaient dans le besoin. C'est ainsi qu'elle logea des républicains espagnols dans chacune de ses fermes, non pas par conviction idéologique mais par simple charité chrétienne. Puis des enfants juifs partagèrent des repas avec les siens. Les frères de son mari s'installèrent à leur tour dans ses différents domaines et les neveux espagnols égayèrent les couloirs du château de leurs rires et de leurs jeux.

Dans un vieux couvent en ruine, qui lui appartenait et qui se trouvait à trois cents mètres de Les Mouttes, elle hébergea aussi toute sorte de vagabonds. Elle ne pouvait s'empêcher de donner du pain et du vin aux marcheurs qui osaient frapper à sa porte. Ricardo, catholique comme elle, la laissait faire. Il savait que si jamais il la contredisait, des discussions à n'en plus finir s'ensuivaient, où l'un disait noir et l'autre blanc, quand bien même ils partageaient le même avis.

De son côté, devenu patron, sans vraiment l'avoir programmé, l'Espagnol menait sa vie au château, comme s'il n'était que de passage. Il affirmait toujours que rien ne lui appartenait et, montrant une petite valise en carton rangée au-dessus d'une armoire de l'antichambre, il annonçait à qui voulait l'entendre :

— C'est la seule chose qui est à moi. Yé souis arrivé avec cetté valissa et lé your où y'en ai marré, yé prends ma valissa et yé m'en vais.

En réalité, il ne s'en était allé qu'à l'âge de 85 ans, lorsqu'il partit pour toujours après que Juliette eut quitté ce monde.

Quant à la nationalité française, il ne l'avait jamais voulue. Il disait avoir suffisamment souffert lors de la guerre du RIF pour s'engager dans de nouvelles guerres. De plus, être Espagnol lui avait une fois sauvé la vie. Ce fut en 1943, non loin de Cavaillon où Juliette avait une propriété exploitée par un métayer. Il était allé lui rendre visite comme à chaque fin de mois car, si on avait confié à l'homme le soin de cultiver 25 hectares de terre, c'était en échange d'une partie de la récolte et notamment du vin qu'il produisait.

Dans la propriété, il y avait la maison de maître attenante à la ferme avec ses espaces réservés aux animaux : l'écurie, la porcherie, le poulailler, la bergerie, le chenil et d'autres dépendances où on rangeait les outils et les machines agricoles.

Ricardo dormait dans la chambre nuptiale du premier étage de la maison de maître lorsqu'il fut réveillé par de grands coups de crosse qui faillirent défoncer la porte d'entrée vieille de deux cents ans. Les Allemands étaient là. Ils le traînèrent en pyjama à l'extérieur et l'accusèrent d'être un résistant. Ils voulaient le fusiller en même temps que son métayer. Sa nationalité espagnole et la sympathie que les SS avaient pour Franco lui sauvèrent la vie mais pas celle de son locataire provençal qui fut exécuté sous ses yeux. De cette histoire, on l'entendit souvent parler et sur le ton de la plaisanterie, il se vantait de sa chance de cocu.

Albin, son fils aîné, en revanche n'eut pas autant de chance. Appelé sous les drapeaux dix ans plus tard, il fut déclaré par le conseil de révision « bon pour le service ». En lui décernant, comme à tous les jeunes aptes au service militaire, une espèce de brevet d'aptitude sexuelle et matrimoniale, il se retrouva à servir tout d'abord fièrement la France chez les parachutistes à la caserne de Pau.

Fin octobre 54, il écrivait une carte postale de l'aéroport de Toulouse. Il embarquait pour l'Afrique du Nord. Il faisait partie des premiers appelés du contingent mobilisés pour le « maintien de l'ordre » ou pour la « pacification » d'une Algérie qui ne souhaitait plus être française. Cinq cent mille jeunes comme lui partiront malgré eux. Trente mille trouveront la mort.

*Aris, le 28 – 11 – 54*

*Mes bien chers parents, frère et sœurs,*

*Hier au soir j'ai reçu votre colis ainsi que celui des gants et des chossettes. Nous arrivions d'opération dans les montagnes après 48 heures de marches, de fatigues et de souffrances. Nous avons dormi a la belle étoile avec une couverture.*

*Aujourd'hui, dimanche, nous avons passé la nuit dans une école. Ce matin lever a 7 h. On nous annonce qu'il faut qu'on soi prêts a 10 h pour faire 40 kilomètres à pied, ou avec des mulets pour ce qui auront le plus mal à avancer. Il y a une semaine que je ne me suis pas rasé, ni lavé car dans ce sale pays l'eau est très rare.*

*Depuis que nous somme en Algérie on ne reste jamais a la même place. Avant de venir à Aris, nous avons passé une journée à Kenchela où il y a eu de la bagarre. Maintenan je ne sais pas ou nous allons. Ne vous en faite pas, je reçoie bien vos lettres et vos colis.*

*Je vous écrie sur ma musette à la va-vite car je n'ai pas beaucoup de temps. Excusez les fautes et l'écriture.*

*Recevez chers Tous mes sincères amitiés ainsi que mes meilleurs baisers. Votre fils qui pense souven à vous.*

*A Bientôt la QUILLE !*

*Albin*


Un mois après, Antoinette et Paul se mariaient. Ils avaient espéré qu'Albin viendrait à la noce, célébrée en petit comité. Mais on ne lui donna jamais la permission tant attendue. Les fiancés se marièrent le 28 décembre de cette même année et partirent pour l'Espagne en lune de miel. C'est en arrivant à Figuerolas, dans la famille de Ricardo, qu'ils reçurent le télégramme du château. La missive leur apprenait qu'à l'âge de 22 ans, Albin avait trouvé la mort dans les montagnes d'Ichemoul. Les nouveaux mariés n'avaient pas encore lu sa dernière lettre du 12 janvier 55.

Dès cet instant, Antoinette, la fille aînée de Juliette, fit sienne une des obsessions de sa mère : les hommes de la famille étaient tous maudits et condamnés à ne pas vieillir. Avec le temps, l'histoire de son fils Jean semblera lui donner raison.

# Anna

Après trois ans passés sur les bancs universitaires en France, la fille d'Antoinette et de Paul avait décidé fin 78 de fuir sa famille et surtout son frère Jean, qui depuis quelques années, se défonçait au vu et su de tout le monde sans que ses parents daignent s'en apercevoir.

Nostalgique de son enfance passée au Panama et en Colombie, elle était arrivée à convaincre une copine de prendre le large et de s'en aller à la rencontre de son passé. Une fois les pays latino-américains scrutés, les filles jetèrent leur dévolu sur le Mexique, un des rares pays de la région à ne pas vivre à ce moment-là en dictature militaire.

En débarquant avec Nadine à Mexico, dans cette grande métropole qui semblait vouloir les engloutir, Anna commença rapidement à parler le castillan comme les Mexicains. Elle n'avait pas vingt-deux ans et se sentait comme un poisson dans l'eau dans la langue de ses souvenirs. Elle retrouvait des parfums et des saveurs ensevelis, des couleurs et des rythmes qui l'émerveillaient. Mais elle découvrait aussi la misère qui lui inspirait des sentiments d'indignation et d'impuissance. C'était une jeune femme qui ne manquait pas d'empathie envers les autres et que la détresse des plus démunis désolait.

C'était quelqu'un de sensible qui n'avait cependant pas toujours bon caractère. Avec les énormes principes propres à la jeunesse, elle était le plus souvent très intransigeante et avait des idées arrêtées sur bien des sujets. Elle s'offusquait facilement et fronçait les sourcils et le haut de son front dès que quelque chose la perturbait. Avec les hommes, elle n'était pas tendre : elle ne supportait pas les machistes ni ceux qui la badaient. Elle agressait ceux qui la harcelaient et n'hésitait pas à les frapper si nécessaire.

Mais en même temps, elle avait un sourire plein de charme qui la faisait rayonner. Sur le haut de sa pommette gauche, un grain de beauté, une mouche naturelle, lui donnait aussi, malgré elle, un air coquet. Musclée, avec un corps de sportive, elle était dynamique. Cheveux châtains et yeux marron, elle passait pour blonde dans ce pays où les gens avaient en général des cheveux noirs luisants. Blonde, ou *güera,* qui faisait fantasmer beaucoup de mâles et certaines femmes qui rêvaient d'effacer leurs origines amérindiennes et de blanchir leur peau à leur goût trop obscure.

Après avoir travaillé tout l'été 78 dans un restaurant à Aix-en-Provence pour mettre de l'argent de côté, et sous prétexte d'une maîtrise sur le théâtre populaire mexicain, Anna arriva en octobre au *Distrito Federal* ou D. F., comme on appelait à l'époque la ville de Mexico. Elle débarqua dans cette mégalopole, qui comptait déjà près de vingt millions d'habitants, avec sa camarade Nadine, qui ne connaissait rien au monde hispano-américain. Ensemble cependant, elles allaient découvrir ce lieu, que l'écrivain Carlos Fuentes avait décrit comme *La région la plus transparente* et qui avec le temps était devenue une des plus polluées au monde.

Elles logèrent tout d'abord dans le nord de la ville, chez le frère d'une amie qui les accueillit gentiment. Cependant, il vivait très loin de leurs centres d'intérêt et trop près d'une raffinerie de pétrole qui expulsait une fumée noire qui semblait se coller aux bronches et qui n'était pas sans danger puisqu'elle exploserait quelques années plus tard en faisant des centaines de victimes. Peu émerveillées par leur environnement, elles décidèrent de se rapprocher du centre où l'air demeurait irrespirable mais où elles économisaient en temps de déplacement. Là, elles connurent, à Tlatelolco, tout près de la Place des trois Cultures, qui fut le scénario d'une grande répression d'étudiants en 68, des gens généreux qui les hébergèrent sans rien demander en contrepartie. Puis, elles partagèrent un appartement avec deux hommes qui se disaient anarchistes. Le plus jeune, qui essayait de ressembler physiquement au Che, avait une petite librairie dans laquelle il vendait des bouquins d'occasion. Le plus vieux, Roberto, était un homme plus épais. Il avait les yeux foncés et bridés des Mexicains et le parler des *Chilangos*, des gens de la ville de Mexico. Roberto travaillait de nuit. Elles avaient cru comprendre qu'il était videur dans une boîte, ou quelque chose dans le genre. Le fait est qu'il ne rentrait qu'au petit matin et que dès son arrivée, elles devaient lui céder leur lit double. Mais l'appartement était agréable et elles trouvaient Roberto aimable et discret.

Tout baignait jusqu'au jour où Roberto arriva à la maison blessé. Il avait reçu un coup de couteau dans l'épaule et ne voulait pas aller à l'hôpital. Petit à petit, elles découvrirent que son travail consistait à protéger des prostituées de luxe qui faisaient le tapin dans les quartiers chics et sur le *Paseo Reforma*, l'avenue la plus touristique du centre-ville.

— Avant tout ça, j'étais étudiant en médecine. J'étais en quatrième année lorsque tout a basculé.

— Qu'est-ce qui s'est passé ? demanda Nadine en l'invitant à se confier.

— Ma copine est tombée enceinte. Elle a décidé d'avorter et ça a mal tourné pour elle. Elle est morte à la suite d'une hémorragie.

L'avortement au Mexique était évidemment clandestin et les parents de sa copine avaient porté plainte. Roberto, accusé de complicité, fut incarcéré et expulsé de la faculté de médecine.

Les Françaises, qui étaient féministes et s'étaient mobilisées pour la légalisation de l'avortement chez elle alors qu'elles n'avaient pas dix-huit ans, se sentirent bouleversées par cette tragédie et furent touchées par cet homme que la vie ne semblait pas vouloir épargner.

Cependant quelques semaines plus tard, elles trouvèrent Roberto au lit avec celle qu'il leur avait présentée comme sa sœur ; peu après, les économies en traveller-chèques de Nadine disparurent sans explication. Prenant conscience qu'elles ne s'étaient pas entourées d'hommes très sains, elles décidèrent alors de les quitter et de se rapprocher de l'Université.


Les filles passaient beaucoup de temps à la bibliothèque centrale de l'UNAM, l'Université nationale autonome du Mexique. Non seulement elles étaient subjuguées par les trésors qu'elle renfermait mais aussi par l'architecture de ce bâtiment dont les fresques et les mosaïques monumentales illustrent l'histoire de ce pays fier de ses racines précolombiennes et de son passé culturel.

Pas loin du campus, dans une zone résidentielle, habitait Antonio, un Argentin qui leur avait été recommandé par un compatriote réfugié en France et dont Anna était tombée amoureuse. Antonio, qui venait de Rosario, était asthmatique, maoïste, poète et journaliste. Il était aussi marié à Cuqui, une sociologue, avec laquelle il avait une fille, Perla, de deux ans. Une enfant qui faisait des caprices de son âge et rendait les parents insupportables.

Nadine, qui avait de la patience avec les tout petits, se dévoua pour être la baby-sitter de Perla lorsque le couple éprouvait le besoin de sortir le soir et de se retrouver. Anna quant à elle, aidait Antonio avec des traductions. Elle commença avec une interview que l'Argentin avait faite en français du nouveau philosophe André Glucksmann. Avant d'écrire son article pour le journal *Uno-Mas-Uno*, le journaliste voulait s'assurer de ne pas faire de contre sens.

Bien qu'Anna ne se sentît pas très à l'aise dans ce domaine, elle fit ce qu'elle put pour rendre cohérent l'échange entre les deux maoïstes qui parlaient de philosophie. Cela lui prit évidemment beaucoup de temps et elle avait encore des hésitations lorsqu'elle dut remettre son travail fin décembre.

Ce jour-là, Antonio lui avait fixé un rendez-vous au 5e étage d'un édifice qui hébergeait *Uno-más-Uno*, le nouveau journal indépendant pour lequel il travaillait et qui laissait croire à une ouverture démocratique dans ce pays où régnait depuis plus de cinquante ans le PRI, le Parti Révolutionnaire Institutionnalisé.

Arrivée à la réception, on la fit attendre car l'Argentin était en réunion. Au bout de dix minutes, il vint la chercher et l'introduisit dans une immense salle de rédaction. Là, les machines à écrire étaient en plein travail. Souvent avec seulement deux doigts et la cigarette au bec, les journalistes tapaient à toute vitesse sur les touches mécaniques que formaient leurs claviers, en plissant les yeux pour éviter que la fumée ne les fasse pleurer. C'était l'heure où ils n'avaient pas le temps de lever la tête de leur feuillet. Les téléphones sonnaient et les télétypes mitraillaient les infos de dernière minute.

En slalomant entre les gens, Antonio lui présenta plusieurs personnes et notamment Mario, un Chilien exilé qui était chargé du graphisme du quotidien et attendait qu'on lui remette les premiers articles pour les calibrer et en faire la mise en page.

C'était un trentenaire charmant et dès qu'elle l'aperçut, elle le trouva séduisant. Il portait une chemise blanche avec le col ouvert sur un torse imberbe ; il était mince, avait la peau cuivrée, de longs cheveux noirs ondulés et semblait grand à côté des Mexicains plutôt petits et trapus. Après leurs premiers échanges, elle remarqua assez rapidement qu'il était réservé et parlait peu ou juste le nécessaire.

— Avec Jaime, on organise un repas de fin d'année chez Don Pedro, le resto de San Angel, dit-il en s'adressant à Antonio.

— C'est quand ?

— Vendredi prochain après la fermeture. Tu peux venir avec Cuqui, ajouta-t-il, puis s'adressant à Anna, si ça te dit, tu peux aussi te joindre à nous.


Le dîner eut lieu dans un restaurant du quartier branché de San Angel et s'éternisa au milieu de nuées de fumée, de conversations sur l'actualité et d'alcool. Antonio et Cuqui avaient décliné l'invitation et Anna s'y était rendue avec Nadine. Dès leur arrivée, Jaime, le journaliste vedette du moment, les colla. Il avait décidé de ne pas les laisser souffler de la soirée.

Jaime n'était pas très grand. Châtain, la peau blanche, il n'avait pas le physique des Mexicains mais bien le parler et l'attitude. Il allumait cigarette sur cigarette et buvait de la *Tequila* et du *Cuba libre*, du rhum avec du coca, comme du petit lait. Issu de la bourgeoisie intellectuelle du D. F., il était cultivé et drôle et savait raconter des histoires vraies qui avaient tout l'air d'être inventées :

— Quand André Breton, le père du surréalisme, est venu au Mexique, il a demandé à un menuisier de lui faire une table et comme si le menuisier n'en avait jamais fait, il la lui dessina en perspective en lui précisant qu'il en voulait une *igualita*, exactement comme celle qui était sur le papier. Une semaine plus tard, le menuisier arriva avec une table *igualita* à celle dessinée par Breton, c'est-à-dire en perspective ! Ce jour-là, Breton comprit qu'il n'avait rien à nous apprendre en matière de surréalisme, car dans ce sens, nous les Mexicains nous sommes imbattables !

Dans les semaines qui suivirent, Jaime ne les lâcherait plus. Nonobstant, Anna et Nadine profitèrent des vacances de l'Université pour lui échapper et se soustraire au *smog* de la métropole. À la recherche de théâtre populaire, elles se retrouvèrent en province à dormir dans des maisons de familles pauvres, à même le sol en terre battue. Dans le nord, elles visitèrent aussi des villages perdus du désert et s'arrêtèrent à *Real Catorce*, une ancienne ville minière abandonnée où, dit-on, Pancho Villa cachait ses trésors au milieu des *peyotes*, ces cactus hallucinogènes que les chamans huichols utilisent dans leurs rituels sacrés. Ensuite, elles s'en allèrent vers le sud, du côté d'Oaxaca, à la découverte du Mexique mixtèque et des plages du Pacifique qui font rêver les touristes.

À leur retour, Jaime les attendait. Il leur proposa une gamme de sorties. Mexico bouillonnait de culture. Ensemble, ils allaient donc à des concerts, à des expos, au cinéma ou à des rencontres avec des écrivains comme Rulfo, Cortazar, Vargas Llosa ou encore Garcia Marquez. Il leur fit aussi connaître San Miguel de Nenecuilcos et les derniers vieux paysans qui avaient combattu avec Emiliano Zapata lors de la Révolution de 1910. Puis ils se retrouvaient régulièrement pour manger, parler, rire et danser aux rythmes cubains de la *Sonora Matancera*.

Comme Mario avait une voiture, une coccinelle Wolsvagen, le journaliste organisa fin février un week-end à quatre à la plage. Mais le Chilien, qui participait aux sorties multiples et variées de son collègue plein d'imagination, restait en retrait et peu expressif. Son passé semblait, par moment, l'assombrir et il préférait ne pas le partager.

# Mario

Nous étions six enfants. Pépé était l'aîné puis venait Memo que je suivais de près. Ensuite, il y avait ma sœur Maria et les petits : Seba et Nelson qui avait vingt ans de moins que Pepe.

Avec mon frère Memo et des cousins, nous avions un groupe de musique, *Los Marabuntas*. Nous jouions pour les mariages et les baptêmes et il y eut quelques prestations mémorables. Memo, le chanteur et la vedette du groupe, arrivait à draguer les filles du haut de la scène. Mes cousins, l'un à la guitare et l'autre à la batterie, savaient aussi s'adresser à nos admiratrices. Moi, en revanche, je jouais de la basse et me cachais derrière eux sans oser regarder nos spectateurs. Mais grâce à la musique, je pus traverser les moments d'incertitude.

Alors que j'avais quitté le lycée professionnel sans finir mon stage de fin d'études, un jour, un ancien professeur pensa à moi et vint me voir pour me proposer un travail : l'hôpital psychiatrique cherchait quelqu'un pour animer un atelier de menuiserie. C'était le début de l'ergothérapie, toute une révolution à l'époque dans ce milieu hospitalier chilien encadré par des médecins progressistes qui essayaient à la fin des années soixante de nouvelles méthodes de soin. L'hôpital se trouvait loin de *Lo Valledor,* où nous avions déménagé avec mes parents. J'avais deux heures de trajet pour y aller. Je devais changer deux fois de *micro*, de bus mais j'étais heureux.

Là, je découvris un nouvel univers. Soudain, moi fils d'ouvrier, je me retrouvai plongé dans un milieu d'universitaires et de soignants qui me demandaient de participer à des réunions dans lesquelles on écoutait ce que j'avais à dire. Mon avis sur tel ou tel patient était pris en compte. J'allais donc petit à petit non seulement apprendre à parler, mais aussi à me sentir exister. Comme j'étais dans un milieu bienveillant et majoritairement composé de femmes émancipées, j'allais aussi découvrir le sexe et un monde social et culturel auquel je n'avais jamais eu accès jusque-là.

Je devins ami de Nano, un collègue de travail, qui m'invita à plusieurs reprises chez lui. Il vivait, à mes yeux, dans un quartier chic. C'est-à-dire au-dessus de *Plaza Italia,* car à cette époque-là, la ville était divisée en deux : il y a avait ceux qui vivaient *Plaza Italia pa' riba,* au-dessus de cette place, et ceux qui vivaient *Plaza Italia pa' bajo,* en dessous de cette place. Place qui marquait une frontière entre ceux qui avaient accès à l'air pur des beaux quartiers bâtis sur les flancs de la Cordillère et ceux qui devaient se contenter du centre-ville et des *poblaciones,* des quartiers populaires, où les transports en commun rendaient les déplacements interminables et où les gens devaient se battre pour subsister. Cette frontière était tellement bien marquée que même le langage était différent de part et d'autre de cette Place emblématique, qui serait rebaptisée en 2019 *Plaza Dignidad,* place dignité, par les manifestants qui dénonceront la démocratie bradée et aspireront à un autre Chili.

L'accent ne trompait personne. Même ensuite, en exil, on savait en écoutant parler un Chilien s'il était de *Plaza Italia pa'riba,* ou de *Plaza Italia pa'bajo.* En général, la couleur de peau déterminait aussi très souvent ta provenance de ce Santiago qui jusqu'à la fin du XX$^e$ siècle n'avait pas encore accueilli d'Afro-Américains, de Hatiens, Vénézuéliens ou Colombiens.

Cependant à l'hôpital, je suis resté un peu moins de deux ans. Ne sachant de quel côté me placer, du côté des malades ou de celui des soignants, j'ai démissionné, au grand désespoir de ma mère qui pensait déjà à ma retraite et à la perte de mon statut de petit fonctionnaire. Mais grâce à mon frère aîné, Pepe, qui publiait ses premières caricatures dans les journaux d'avant-garde de Santiago, j'ai troqué tout cela pour un travail dans un almanach que publiait trimestriellement le journal très réactionnaire *El Mercurio,* qui participa ensuite aux campagnes de déstabilisation de l'Unité Populaire.

Le chef de rédaction de cet almanach était un homme extraordinaire auprès duquel j'appris le métier du lettrage, puis celui du designer graphique. Évidemment, lui et toute son équipe étaient de gauche. Ce que finit par dénoncer un journaliste juste avant la victoire de Salvador Allende à la présidence en 1970. Nos noms apparurent publiés dans une liste qui faisait état des marxistes infiltrés dans cette honorable entreprise et il fallut alors qu'on rende tous notre tablier.

Mais à ce moment-là, un air nouveau soufflait sur le Chili et j'ai trouvé, avant même la victoire de l'Unité populaire aux élections, du travail dans le journal *El Siglo*, l'Humanité chilienne. Comme on était en pleine guerre du Vietnam, je me spécialisai en cartographie. J'illustrais les avancées des Vietcongs et les défaites des Américains. Puis je me suis encarté au PC et je participai à toutes les manifestations en soutien au médecin Salvador Allende, choisi par les Chiliens pour faire de notre nation un pays socialiste sans avoir recours aux armes.

J'avais conscience de vivre des moments historiques et je n'étais pas le seul. Nous étions enthousiastes tout en étant conscients que la partie, même après la victoire, n'était pas gagnée car nous avions la droite et les États-Unis contre nous.


La CIA, avant même les élections présidentielles de septembre 70, se déchaîna contre Allende et le programme de l'Unité populaire. Henry Kissinger, du département d'État des États-Unis, expliquait qu'il ne voyait pas pourquoi il devrait *rester tranquille quand un pays devient communiste à cause de l'irresponsabilité de son propre peuple.* Washington essaya de soudoyer les Forces Armées et fournit beaucoup d'argent pour boycotter les élections. Mais le général Schneider, commandant en chef de l'Armée de terre et son second, le général Carlos Prats, étaient fidèles à la Constitution et ne souhaitaient pas s'opposer à la volonté des urnes.

Allende fut donc élu président le 4 septembre 1970 mais un mois plus tard, avant que sa victoire ne soit ratifiée par le parlement, le général Schneider fut tué lors d'une première tentative de coup d'État. C'est ainsi que Prats lui succéda. Il démissionna cependant trois ans plus tard et Allende eut la malencontreuse idée de nommer à sa place le Général Auguste Pinochet qu'il croyait loyal.

Malgré cette tension permanente, l'aventure de l'UP fut pour moi grandiose. Elle dura trois ans : mille jours d'euphorie et d'angoisse. Des jeunes et des spécialistes de différents pays vinrent assister à ce processus novateur. Les progressistes latino-américains et européens voulaient voir et participer à ce changement radical de société salué par la gauche et vilipendé par les nationalistes et la droite. Il y eut des réformes structurelles : la nationalisation des banques, des compagnies d'assurance et des mines de cuivre, notre principale ressource qui jusque-là appartenait aux Américains. Il y eut aussi une réforme agraire et l'expropriation des propriétés dépassant les quatre-vingts hectares irrigués. Les salaires furent augmentés ; les jeunes firent des travaux volontaires ; la culture explosa avec du cinéma, du théâtre, de la danse et de la musique populaire dans tous les coins de rue. La maison d'édition *Quimantú*, qui signifie en *mapudungun*, la langue des Mapuches, Soleil du savoir, fut nationalisée. Plus de dix millions de livres furent édités et proposés à des prix dérisoires afin que les Chiliens aient accès à la littérature. Cette même maison d'édition publia aussi des revues pour enfants, pour ados et pour femmes. Dans les transports en commun, tout le monde lisait, tout le monde avait accès au savoir. Aussi une des premières choses que firent les militaires au lendemain du coup d'État, fut brûler les livres. Ils brûlèrent même *Le petit Chaperon rouge*, parce que pour eux tout ce qui était rouge faisait référence au communisme.

L'Unité populaire dura trois ans, mille jours pendant lesquels j'appris à vivre, à militer, à me former professionnellement. J'avais conscience que même si nous gagnions les différentes élections, nous n'avions pas le pouvoir. La droite chilienne essayait par tous les moyens de se débarrasser d'Allende et de son gouvernement en perpétrant des attentats, des manifestations, des sabotages et des grèves. Il y eut pénurie et marché noir. Il y eut des moments tendus et difficiles. Et même si nous n'étions pas tous convaincus, comme Allende, de la fidélité des Forces Armées, personne ne s'était vraiment préparé pour *el Golpe*, le coup d'État du 11 septembre 73.

Le 11 était un mardi triste et gris. La veille, je m'étais couché à trois heures du matin. Non seulement j'avais travaillé jusque tard pour boucler le journal, mais de plus il avait fallu que j'attende que la navette du canard me ramène chez moi à *Lo Valledor*. Avant de quitter le local d'*El Siglo*, en rangeant mes affaires, j'ai trouvé ma carte du PC. J'ai hésité à la prendre, puis je l'ai laissée dans le tiroir de ma table de travail.

Ce 11, Don Barta, mon père, me réveilla avant huit heures en m'annonçant le *Golpe*. Comme à son habitude, dès son lever, il avait mis la radio. À 7 h 45 il entendit le premier communiqué des militaires qui justifiaient leur intervention par *la très grave crise sociale et morale que traversait le pays et en considérant l'incapacité du gouvernement à contrôler le chaos.*

Nous n'avions pas de téléphone. Je me suis habillé en vitesse et je suis parti chez une voisine qui louait le sien. J'appelai le journal. Personne ne répondit. De retour à la maison, ma mère me dit qu'il fallait aller chercher Nelson, mon petit frère de seulement huit ans, parti le matin tôt à l'école. Comme il n'y avait pas de transport en commun, j'ai dû parcourir huit kilomètres à pied pour me rendre jusqu'à l'école primaire que j'avais moi-même fréquentée des années plus tôt.

Le directeur, un homme de gauche, m'indiqua que les élèves qui n'avaient pas pu rentrer chez eux avaient été mis à l'abri chez un de leurs professeurs. Lui, il était resté à l'école et attendait la perquisition.

Une fois Nelson récupéré chez sa maîtresse, nous sommes rentrés à la maison alors qu'à basse altitude, des avions des forces aériennes sillonnaient le ciel. Au loin, on entendit le bombardement du palais présidentiel, *La Moneda.*

De retour à *Lo Valledor*, Don Barta était en train de brûler, en évitant de faire de la fumée, tout ce qui pouvait être compromettant. Puis il trouva dans ses affaires une boîte de cartouches qu'un collègue chasseur lui avait donnée des années auparavant. Il fallait s'en débarrasser. Alors tel un petit Poucet je suis allé les semer le long de la voie ferrée. Là-bas, il y avait des pistolets que d'autres étaient allés perdre car la radio avait annoncé que quiconque était arrêté en possession d'une arme serait fusillé.

Le lendemain, j'ai dû me faire couper les cheveux. En ville, les militaires attrapaient les jeunes chevelus et barbus ainsi que les femmes en pantalon pattes d'éléphant. Ils insultaient nos compagnes et leur déchiraient les pantalons à coups de *baïonnette* avant de les embarquer.

À la fin de la semaine, les militaires arrivèrent en meute à *Lo Valledor.* Les perquisitions étaient extrêmement violentes. Un voisin démocrate-chrétien, qui participait à la distribution des denrées alimentaires du temps de l'UP, fut arrêté. D'autres, s'attendant au pire, avaient quitté le quartier. Cependant, notre pâté de maisons fut épargné. Alors qu'on était sur le pas de la porte à les attendre, sans savoir pourquoi, ils firent demi-tour et allèrent s'en prendre à nos voisins.

Mon frère Seba, 16 ans, avait déjà quitté la maison et mes parents étaient inquiets car ils ne savaient pas où il était. Pepe, mon frère aîné, marié mais sans enfant, n'habitait plus chez nous. Il était venu nous voir autour du treize. Il était hagard. Il ne pouvait retourner chez lui. Son appartement, au centre-ville, avait été perquisitionné et saccagé. Il nous annonça son départ. Grâce à une amie mariée à un Mexicain, il pouvait se réfugier à l'ambassade du Mexique. Pour ma part, je devais disparaître pour un temps.

La *tía Aurora*, celle de la maison close de Rancagua, m'offrit son hospitalité que je déclinai très vite car je n'avais pas envie de me retrouver au milieu de femmes dont je n'approuvais pas les mœurs. Je partis donc chez sa sœur, qui vivait à Santiago.

Confiné, isolé, je n'arrivais pas à connaître l'ampleur de la répression. Je me rendais parfois au centre-ville ou à l'hôpital pour avoir des nouvelles des uns et des autres. Et c'est ainsi que je sus très rapidement que les locaux du journal avaient été détruits à coup de crosse. Je sus aussi que mes collègues de travail étaient sur la liste des personnes recherchées par les militaires. Mais je ne savais pas grand-chose d'autre car la censure nous empêchait d'avoir des détails sur ce qui se passait vraiment.

L'état de siège et le couvre-feu ne nous permettaient pas de circuler librement ni de nous informer. Les seules informations auxquelles nous avions droit étaient de source officielle. La Junte donnait sa version des faits. Quant aux rumeurs qui circulaient de bouche à oreille, elles ne faisaient qu'accroître nos angoisses.

Comme je n'étais pas très loin de *Lo Valledor*, Don Barta venait me voir quand il le pouvait. Lui, parvenait à écouter Radio Moscou, tard le soir et dans le noir. Il apprit ainsi l'assassinat du chanteur et compositeur Victor Jara. Il sut aussi que le stade National s'était transformé en camp de détention et de torture et que le poète Pablo Neruda était décédé. Mais rien de plus. On ne parlait pas encore de détenus-disparus et je ne sus que plus tard que Victor Jara avait été tué dans le stade *Chile.*

Noël fut triste et début janvier, sans vrais contacts avec mes collègues et amis, je me suis fait à l'idée que le mieux était de quitter le pays pendant quelques mois, le temps que les choses se calment. Et c'est ainsi qu'avec un copain photographe nous prîmes un bus début 74 pour traverser la Cordillère avec l'idée que nous serions de retour avant la fin de l'année. À Mendoza, la première ville argentine qui se trouve de l'autre côté de la frontière, à trois cent cinquante kilomètres de Santiago, Gregorio avait une sœur, mariée à un gendarme argentin, qui pouvait nous héberger. Le voyage fut long et plein de chagrin enfoui.

— Si un des deux est détenu à la frontière, on ne se connaît pas, avais-je précisé à Gregorio.

On passa sans problème du côté chilien. Du côté argentin, on nous fit descendre, puis je suis remonté dans le bus. Mais mon ami resta en bas. On m'appela. Quelqu'un avait dit qu'on était ensemble.

Les gardes-frontières commencèrent à nous insulter. Ils disaient que nous étions des voyous qui venions faire nos larcins en Argentine. Ils voulaient nous renvoyer chez nous. Sur ce, le bus redémarra sans nous.

— Nous allons chez ma sœur qui vit à Mendoza, expliquait Gregorio sans qu'on le prît au sérieux.

— Nous avons son numéro de téléphone, appelez et vous verrez qu'elle nous attend.

Après des heures d'interrogatoire et d'insultes, ils finirent par appeler. La sœur de Gregorio était furieuse. Elle invoqua son mari gendarme et les menaça de représailles. Ils nous relâchèrent, mais la nuit était tombée et nous étions en pleine Cordillère à mi-chemin sans aucun moyen de locomotion pour atteindre Mendoza.

— On va pas dormir ici. Alors, débrouillez-vous pour qu'on arrive chez ma sœur au plus vite, dit Gregorio sur un ton ferme.

Ils nous firent monter à l'arrière d'une camionnette qui redescendait en ville. Le froid de la Cordillère nous paralysa. Le voyage dura encore trois longues heures et nous arrivâmes après minuit chez Marta et son mari, première étape de mon exil qui dura plus de dix ans.

# Mexico

Chassé de Buenos Aires par la triple A (l'Alliance Argentine Anticommuniste), qui éliminait les gens de gauche et les Chiliens soupçonnés d'être de gauche, Mario avait dû reprendre la route de l'exil en 75 et troqué l'Argentine pour le Mexique. Une fois installé dans l'ex-capitale de l'empire aztèque – grâce à son frère Pepe, qui lui avait obtenu un contrat de travail et un visa –, sa copine, une architecte rencontrée à Buenos Aires, le rejoignit. Mais leur histoire devint vite très compliquée : elle était d'humeur très inégale et les scènes de ménage rendaient leur quotidien très difficile. Si bien que lorsqu'elle décida trois ans plus tard de le plaquer pour un autre, il put enfin ouvrir ses valises et envisager de refaire sa vie dans ce pays peu tendre avec ses dissidents mais, paradoxalement, très solidaire avec les réfugiés politiques du Cône Sud, c'est-à-dire les Brésiliens, Argentins, Uruguayens et Chiliens de gauche qui fuyaient leurs dictatures militaires respectives

Mario ne prêtait pas beaucoup d'attention à ces jeunes Françaises autour desquelles les Mexicains tournaient comme les mouches autour d'un pot de confiture. Ce qui ne faisait qu'accentuer son charme aux yeux d'Anna. Effectivement, elle appréciait l'attitude de cet homme discret et parfois sombre qui ne semblait pas se prêter aux jeux de séduction des autres.

Au bout de quelques mois, refusant toutes les avances de Jaime et après une fête bien arrosée, elle décida de prendre les devants et de sauter au cou de l'exilé. Et au grand malheur du journaliste mexicain, elle se retrouva à la mi-mars dans le lit de celui qui deviendrait son nouvel amoureux. La première nuit fut mémorable, mais pas dans le bon sens du terme. Ayant trop forcé sur l'alcool, Mario ne fut pas des plus performants. Mais cela les fit rire et ce ne fut que partie remise au lendemain.

Anna avait prévu de rester un an au Mexique. Si bien qu'au départ, leur relation n'était qu'une aventure entre deux êtres qui se plaisaient. En septembre, elle devait rentrer à Aix-en-Provence, présenter son mémoire et préparer un concours. Cependant le Noël suivant, il la rejoindrait et elle le passerait à Paris avec lui. Ne parlant pas français, Mario se sentit très vite décalé dans ce vieux monde qui, à ses yeux, croulait sous le luxe. Au bout de trois mois, il décida de retourner au Mexique où il avait du travail et tout un réseau d'amis et de relation.

Anna le présenta néanmoins à ses parents qui, au premier abord, ne virent pas d'un très bon œil cette relation.

— Il est bien brun, mais heureusement on voit qu'il n'est pas arabe, avait osé dire Antoinette à sa fille qui n'en croyait pas ses oreilles. Mère et fille s'étaient disputées. Quant à Paul, son père, il avait simplement commenté à ses autres enfants que Mario n'avait pas les mains d'homme, comme les siennes sans doute, et qu'il ne comprenait pas ce que sa fille trouvait à cet individu si féminin.

Anna, qui hésitait à repartir au Mexique, après de tels commentaires prit la décision d'aller rejoindre Mario de l'autre côté de l'Atlantique. De toute façon, l'ambiance familiale la rendait malade : ses petites sœurs grandissaient en se détestant et son frère en jouant avec des produits qui le rendaient de plus en plus délirant et parano. Quant à sa sœur aînée, Hélène, réfugiée dans ses études de médecine, elle essayait de s'éloigner de cette fratrie qui lui avait volé son enfance et adolescence.

Mais avec Mario, les choses ne furent pas non plus des plus faciles. Il y eut, bien sûr, des allers-retours. Il fallait tout de même que le couple apprenne à se découvrir, à s'aimer dans tous les sens du terme et à s'apprivoiser.

Lui, il la surnomma rapidement *güera*, *güerita*, car c'est ainsi que les Mexicains nomment les filles à la peau blanche. Et sans beaucoup de mots, il arriva malgré tout à la rendre folle du Mexique en lui faisant découvrir le pays qui le fascinait.

Loin du bruit de la capitale, ils partaient, dès qu'ils le pouvaient, au fin fond de la *sierra de Puebla* à la rencontre de paysans, des *nahuatls* parlant à peine espagnol, de leurs mythes et traditions, de leur culture ancestrale et de leur richesse culturelle et spirituelle.


À Mexico, Anna commença à donner des cours de français à des bourgeoises qui s'ennuyaient dans leurs maisons pleines de servantes indiennes.

— María !

— Mande Usted señora ![1]

— Donne-moi ce cendrier qui est sur le buffet.

Maria avait beau être en train de faire le ménage à l'étage ou de laver du linge à la main sur la terrasse, elle devait s'empresser de répondre au commandement de sa maîtresse qui ne pouvait lever le cul de sa chaise pour prendre le cendrier qui était presque à portée de sa main.

Si bien que ne trouvant pas beaucoup de satisfaction dans ces cours, elle décida de chercher du travail dans d'autres domaines et commença à faire des traductions pour une maison d'édition puis à écrire des articles en espagnol qu'elle proposait çà et là. Au bout de deux ans, elle travaillait pour une revue et au bout de cinq, elle était à la télé après être passée par le journal sportif *La afición.*

Néanmoins, lors de la deuxième année de leur rencontre, un coup de fil de Santiago vint ébranler le quotidien du couple. Le petit frère de Mario, Seba, avait été retrouvé mort chez lui. On parlait d'un suicide déguisé : un ami l'avait trouvé pendu au pommeau de sa douche avec les pieds qui touchaient le sol. Deux heures avant, il avait donné rendez-vous à son ex-femme. Ils devaient se rencontrer dans l'après-midi pour aller acheter ensemble des chaussures à leur enfant de trois ans. Malgré tous ces faits bizarres, il n'y eut pas d'autopsie.

---

[1] Littéralement : Commandez-moi, Madame !

Le médecin légiste refusa d'en faire une. Quant à l'enquête, elle fut bâclée et classée sans suite.

Au Chili, on était en plein ostracisme des dissidents. La censure était totale et la répression sévissait de manière clandestine. Aussi, il n'y eut qu'une crémation à la va-vite qui empêcha de savoir ce que cette mort cachait.

Pour Mario, la disparition de ce petit frère fut une souffrance qu'il eut du mal à exprimer. Non seulement la distance et le manque de communication rendaient le deuil difficile, mais de plus les incohérences laissaient imaginer le pire.

— Il m'a écrit alors que ça faisait plus de cinq ans que j'étais sans nouvelles. Dans sa lettre, il me disait qu'il fallait à tout prix qu'il sorte du Chili. Je lui ai répondu immédiatement et je lui ai suggéré d'aller au Brésil le temps que je lui obtienne un visa, expliqua-t-il à Anna lorsqu'il recouvra la voix.

Il n'était plus si facile d'obtenir des visas pour le Mexique. L'Amérique centrale était en ébullition. Les sandinistes avaient gagné la guerre au Nicaragua, mais au Salvador et au Guatemala la guerre civile n'avait pas cessé et ceux qui voulaient échapper aux massacres des militaires essayaient de fuir vers le nord. Mexico refermait donc petit à petit ses frontières puis Seba n'avait pas répondu au dernier courrier de Mario.

L'amoureux d'Anna était effondré. Mais au lieu de crier ou de pleurer sa peine, il semblait être devenu catatonique. Désespérée, ne sachant comment l'aider, Anna lui proposa de l'emmener avec elle en reportage. Ils sortirent de Mexico et allèrent du côté de Veracruz, à Santiago Tuxtla, dans une région tropicale où règnent les sorciers. La route fut longue et silencieuse. Anna conduisit la Coccinelle verte pendant huit heures. Ils firent quelques haltes avant d'arriver mouillés de transpiration et sous des nuages noirs qui annonçaient l'orage au *zócalo*, la place principale du village, où les palmiers dansaient au rythme des bourrasques chaudes. La chaleur collait à la peau. L'humidité appelait la pluie.

Ils logèrent dans une pension de famille, non loin de l'église qui trônait au milieu de pas grand-chose. Les rues ne connaissaient pas l'asphalte mais les bougainvilliers étaient en fleurs et les arbres qui pliaient sous le poids des papayes vertes, jaunes et orange bordaient les chemins poussiéreux.

Dès le lendemain, Anna alla trouver *El cuate Chagala*, un vieil homme que les gens consultaient pour des questions de famille, des histoires conjugales ou encore pour faire fuir la maladie et demander aux différents dieux, à la vierge et à tous les saints, une bonne récolte. C'était un sorcier blanc, c'est-à-dire un sorcier qui faisait le bien contrairement au sorcier noir, maléfique, à qui les gens demandaient d'éliminer à tout jamais leurs ennemis ou concurrents.

Comme les autres, *El cuate Chagala* était un paysan qui vivait modestement, entouré de ses bêtes et des siens, dans une petite maison en pisé dont le sol était de terre battue. Dans une pièce aménagée d'un autel orné de fleurs en plastique, il recevait ses patients désespérés qui venaient lui demander conseil pour résoudre leurs problèmes (multiples et variés) en échange d'une douzaine d'œufs, d'une poule ou de quelques sous. Les Christs, avec toutes leurs blessures ouvertes et sanguinolentes, étaient là, sur leur croix. À leurs côtés, d'autres images saintes et bien évidemment *La virgen de Guadalupe,* la vierge et mère des Mexicains.

Après avoir assisté à plusieurs *limpias* – nettoyages –, Anna demanda au vieil homme s'il pouvait s'occuper de Mario. Le sorcier fit entrer le Chilien dans son cabinet et le fit asseoir sur un tabouret. Ensuite, il enleva ses bagues en or et les mit dans un verre. Tout en prononçant des mots en *nahuatl*, langue des Aztèques, il passa le récipient entre les jambes et les fronts des différents Christs présents. Au bout de cinq minutes, il écouta attentivement ce que lui disait le verre et le mit à l'oreille de Mario en lui demandant ce qu'il entendait.

— Un hurlement, j'entends un hurlement, lui répondit-il.

— Non ce n'est pas un hurlement, ce sont des pleurs. On l'a beaucoup pleuré, c'est pour ça. Si ça avait été un cri, ça aurait voulu dire qu'on l'a assassiné. Mais là, ce sont des pleurs, on l'a beaucoup pleuré et il est mort simplement parce que son heure était arrivée.

Ensuite, il nettoya Mario à l'aide de feuilles de basilic et de diverses incantations et ajouta avant de le quitter :

— Tu ne peux rien contre le destin. Il vaut mieux oublier, oublier...

Il n'était évidemment pas question pour Mario d'oublier quoi que ce soit. L'intervention du sorcier n'avait pas réussi à apaiser son désarroi.

Quelques mois plus tard, sa sœur Maria vint avec son fils en vacances. Grâce à elle, il sut que leur frère, qui au lendemain du coup d'État, avait quitté la maison pour se mettre au service des résistants, était devenu graphiste, comme lui. Mais contrairement à lui, il travaillait dans la pub, gagnait de l'argent et avait acheté une voiture à crédit.

— Seba fréquentait une Uruguayenne aux activités suspectes. On sait pas depuis quand il était avec elle mais tout de suite après sa mort, cette femme a pu mettre la voiture, que notre frère avait achetée à crédit, à son nom et la revendre avant de s'enfuir pour Montevideo.

Leur frère Memo, père de trois enfants, devait assumer la dette de Seba. S'étant porté garant lors de l'achat du véhicule, il était obligé de rembourser le crédit sous peine d'être incarcéré.

— Et l'Uruguayenne ? demanda Mario à sa sœur qui séchait ses larmes tout en parlant.

— Elle est partie. Y'a eu un mandat d'arrêt contre elle et on sait pas pourquoi elle n'a pas été détenue à l'aéroport. Elle s'est envolée pour l'Uruguay sans problème et depuis pas de nouvelle.

On était en pleine Opération Condor, les Services secrets de toutes les dictatures du Cône Sud de l'Amérique latine œuvraient ensemble : elles avaient instauré un terrorisme d'État pour éliminer leurs opposants et la machine fonctionnait à merveille !

Après le choc, Mario décida de sauver Nelson, son plus jeune frère en le faisant venir coûte que coûte au Mexique. Il s'en voulait de ne pas avoir su être présent pour Seba et il n'était pas question qu'il arrive quoi que ce soit au garçon qui était resté seul auprès de sa mère, veuve de Don Barta.

— Nelson n'a aucun avenir à Santiago. Il peut pas étudier car il n'a pas d'argent. Les écoles sont loin de *Lo Valledor*, là où il habite. Il faudrait non seulement qu'il paie l'école mais le transport et tout ça c'est beaucoup trop cher.

L'argent que Mario envoyait mensuellement à sa mère permettait à La Chabela de se nourrir décemment mais pas de financer des études à son plus jeune garçon.

Mario trouva donc pour Nelson une école de graphisme à Mexico et lui envoya un billet d'avion et un visa qui allaient lui permettre, un an plus tard, de débarquer dans cette immense métropole afin de commencer, à l'âge de dix-neuf ans, une nouvelle vie loin de *Lo Valledor* et de son ambiance oppressante puis de devenir au bout de quelques années un véritable *Chilango[2]*, avec femme et enfants mexicains.


Au bout de quelques années et bien qu'au Mexique il continuât à se développer professionnellement, le retour au Chili devint une obsession pour Mario.

En 82, l'Argentine, après la débâcle de la guerre des Malouines, avait obligé ses forces armées à rendre le pouvoir. Les militaires brésiliens étaient en difficulté et à Santiago, les premières protestations contre le général Pinochet laisseraient envisager à partir de l'année suivante le début de la fin de la dictature qui l'avait chassé de chez lui.

Ainsi, alors que Manuel, son premier enfant, poussait ses premiers cris, Mario, comme beaucoup d'exilés, décida de plier bagage et d'abandonner Mexico pour Santiago, laissant derrière lui les *tacos*, le

---

[2] On appelle ainsi les Mexicains originaires de la ville de Mexico.

*chile en nogadas³*, le boulot confortable, les amis, la musique et la riche vie culturelle du DF.

Anna, après de longues tergiversations, accepta de le suivre, persuadée que c'était l'occasion pour son compagnon de se sentir plus utile dans sa patrie que dans ce pays où les étrangers étaient bien reçus tant qu'ils fermaient les yeux face à la répression qui s'abattait sur les réfugiés d'Amérique centrale, les Amérindiens et les gens qui les défendaient.

³ Los tacos : plat traditionnel mexicain composé d'une tortilla, une galette de maïs, garnie de viandes ou légumes. Chile en nogada : piment doux farci.

# Santiago

*L'avion est sur le point de décoller et une fois encore je pleure toutes les larmes de mon corps. Quitter Mexico, partir pour ne plus revenir. Un deuil de plus : laisser des amis, me sentir écartelée. Ne plus savoir d'où je suis. Chercher encore des racines. Même si je n'ai pas l'océan à traverser, longer la Cordillère me remplit de chagrin. Partir pour un pays que je ne connais pas. Ce n'est pas la première fois. Mais cette fois-ci, je m'achemine vers une histoire qui ne m'appartient pas. J'ai longtemps hésité avant de m'embarquer avec Mario pour ce nouvel univers. Lui est de ces Chiliens qui après dix ans d'exil a décidé de rentrer chez lui pour participer à la lutte contre le général Pinochet. Moi, je suis une pièce rapportée qui a envie de vivre des moments historiques mais qui n'a pas vraiment conscience de ce que peut signifier le quotidien sous un régime dictatorial. Je ne suis pourtant pas partie sur un coup de tête. J'ai vingt-huit ans, un enfant et je suis journaliste. J'ai anticipé et préparé cet exil : je suis allée en Europe chercher du travail. J'ai obtenu des correspondances de deux radios : Radio Suisse Romande et Radio Suisse Internationale. Elles devraient me permettre de travailler et gagner ma vie à Santiago sans prendre trop de risques. Enfin c'est ce que je crois.*

*L'avion fait une escale à Bogota, en Colombie, pays de mon enfance que je ne peux qu'effleurer pendant quelques heures. Je reconnais cependant à l'aéroport les reproductions des motifs précolombiens qui ont orné les différents « chez-nous ». Puis on rembarque et on se retrouve dans le cockpit avec trois communistes chiliens. Ils viennent de se joindre à nous. Ils veulent essayer à nouveau de rentrer au pays. Le gouvernement militaire les a refoulés une première fois. Ils font le forcing. Deux d'entre eux connaissent mon compagnon. Lui connaît évidemment leur histoire qui ressemble à la sienne : ils ont dû quitter le Chili après le coup d'État et la mort d'Allende. Aujourd'hui, le régime leur interdit l'accès à leur pays. Eux sont sur la liste des indésirables contrairement à Mario qui, lui, a été autorisé à remettre les pieds sur cette longue frange qui tourne le dos à la Cordillère et n'a pour horizon que le Pacifique.*

*Depuis presque un an, les manifs et les protestations se multiplient à Santiago et dans les grandes villes. Ceux qui décident de revenir veulent être aux côtés de ceux qui luttent pour un retour à la démocratie. Sous la pression de la communauté internationale, Pinochet doit lâcher du lest. Ses Services secrets sont mêlés à plusieurs assassinats dont celui de l'ex- chancelier d'Allende. Ils ont fait exploser son véhicule, avec sa secrétaire nord-américaine, dans une rue de Washington. La Maison Blanche n'apprécie pas qu'on vienne faire la guerre sur son sol et essaie de trouver au général une sortie honorable.*

*Sergio s'approche de Mario. Il lui remet un communiqué de presse. Il sait, avec ses compagnons qu'une fois l'avion posé, ils seront détenus. Ils ne doivent pas disparaître. Nous sommes leurs témoins et il faudra faire passer le message aux journalistes engagés, qui au risque de leur vie, ouvrent jour après jour de nouveaux espaces. Le voyage me semble interminable avec Manuel – neuf mois – sur mes genoux, qui ne peut comprendre où l'emmène ce nouveau vol.*

*On atterrit enfin sur la piste d'un aéroport qui n'a rien d'international. Le pilote prend le micro et explique la situation. Nous avons du retard parce que les autorités chiliennes ne veulent pas qu'il pose son avion avec les trois personnes non-gratta qu'il transporte. Seul commandant à bord, il leur tient tête et il négocie. Il n'accepte pas que les militaires rentrent dans son avion. Il n'y aura pas de perquisition. Il déverrouille une des portes. Les trois exilés sortiront de leur plein gré avant tout le monde. On les embrasse, on leur* souhaite bonne chance. *En bas de l'échelle, ils sont menottés. Suivis de deux soldats chacun, on les fourre à tour de rôle dans différents bimoteurs qui les emmènent vers des destinations inconnues. On saura plus tard que deux d'entre eux seront confinés séparément dans des villages perdus du désert d'Atacama. Le troisième devra vivre un temps dans une île abandonnée au froid et aux vents australs.*

*J'ai le ventre qui se serre. La nuit tombe. L'aéroport est lugubre. On est le 4 août 1984 et l'hiver est humide. Il y a eu des inondations. Avant d'atterrir, on a vu les rivières gonflées débordant dans les champs. Les routes ne sont plus que des lacs. Les militaires sillonnent les pistes. Des tireurs sont postés sur différents toits. Je me demande ce que je fais là, avec mon bébé dans les bras, au milieu de ces hommes armés qui ressemblent à des adolescents qui jouent à la guerre. On examine nos papiers, on nous interroge, on nous dévisage. J'ai peur. J'ai un passeport suisse et jusqu'à présent j'ai toujours eu l'impression qu'il m'ouvrait toutes les portes contrairement à celui de mon compagnon qui lui vaut détentions et interrogatoires à chaque frontière. On nous dévisage encore, on nous interroge longuement, on nous donne le feu vert.*

*Un slogan peu rassurant nous accueille :* « le Chili progresse dans l'ordre et dans la paix ». *La famille nous attend, les journalistes aussi. Ils veulent des détails mais le moment n'est pas aux déclarations. Mario choisit de remettre le communiqué de presse à la journaliste Patricia Verdugo. Elle, elle saura quoi en faire.*

*Nous partons à dix dans une grosse Chevrolet des années 60. Manuel passe de bras en bras. On le célèbre, les enfants sont toujours les bienvenus au Chili. Les routes regorgent d'eau, les rues sont obscures. Il faut se dépêcher, on n'a pas pour habitude de circuler de nuit. Arrivés à Lo Valledor, quartier ouvrier né à l'orée d'un abattoir, on s'engouffre dans une petite maison. C'est celle de ma belle-mère. Il fait froid, elle n'a pas d'eau chaude et les draps semblent imprégnés de solitude, d'humidité et de manque de chaleur. Elle allume le petit poêle à mazout qui pompe l'oxygène et donne mal à la tête. Il faudra l'éteindre avant d'aller au lit et se coucher tout habillé pour éviter les tremblements incessants.*


En août 84, Pedro Lopez les attendait à Santiago. C'était un homme de radio qu'Anna avait connu au Mexique et avec lequel elle avait travaillé pendant quatre ans. Tendrement, elle l'appelait *Viejo*, Vieux, car il avait l'âge de son père. Pour lui, elle, elle était la *Gringa*, où la *Gringuita*, l'étrangère qu'il chérissait. Il avait insisté pour qu'elle vienne au Chili. Il avait réussi à la convaincre de suivre Mario, en lui parlant de sa place en tant que journaliste dans cette lutte contre la dictature.

Anna avait beaucoup de tendresse pour cet homme, même si elle regrettait qu'il ait les travers des machos latino-américains qui la faisaient bondir. Elle exécrait ses beuveries et ses idées arrêtées sur les homos. Mais, de nature rebelle, elle lui tenait tête, ce qui n'était pas sans lui déplaire. Elle avait été capable à Mexico, lorsqu'il l'avait emmenée travailler dans un journal sportif au milieu d'une vingtaine d'hommes libidineux, de s'en aller en claquant la porte parce qu'il avait eu une attitude déplacée. Mais après leurs disputes et leurs colères mutuelles, ils savaient se pardonner. Elle disait lui devoir tout en matière de journalisme. Il lui avait enseigné à être à l'écoute des gens qu'elle interviewait, à savoir transformer les petits riens de la vie en témoignages capables d'émouvoir. Il lui avait aussi appris à être incisive, à lire entre les lignes, à remettre en question les versions officielles, à aller chercher toujours plus loin et à ne pas se transformer en simple haut-parleur des conférences de presse convenues.

Lui n'écrivait pas très bien et admirait son aisance en espagnol. Elle, elle aimait les mots et savait les faire résonner sur le papier. Mais elle reconnaissait qu'en matière de radio, il était imbattable. Il usait et abusait de sa voix grave et sensuelle dans ses pauses, ses inflexions, ses interrogations, son audace et son inventivité. Il était capable de pénétrer dans les foyers les plus isolés avec le son. En enregistrant les bruits et les soupirs de la vie – au temps où la télé ne dominait pas encore en maître absolu chez les gens –, il avait su dans sa jeunesse créer des univers qui enveloppaient ses auditeurs.

Il était devenu célèbre dans les années soixante parce qu'il avait milité pour que le Mondial de foot puisse se dérouler au Chili. L'Argentine avait présenté sa candidature pour 1962 en affirmant que le pays était en mesure de faire le Mondial demain s'il le fallait parce qu'il « avait de tout et rien ne manquait ». Les Chiliens, quant à eux, avaient assuré que parce qu'ils n'avaient rien, ils voulaient tout faire. Ils sortaient d'un tremblement de terre et il fallait reconstruire le pays. Quoi de mieux, à cette époque-là, qu'un Mondial. Il eut lieu entre le 30 mai et le 17 juin et même si cet événement sportif fit rentrer en masse le petit écran dans les foyers les plus cossus, le poste de radio demeurait allumé toute la journée chez ceux qui n'avaient que les moyens d'aller louer chez leurs voisins quelques instants de transmission en noir et blanc.

Mais Pedro n'était pas seulement préoccupé par le sport. Il s'intéressait à tout. Dès qu'il y avait une nouvelle à couvrir, il courait par monts et par vaux, au détriment de femmes et enfants, à l'affût du scoop qui lui provoquait des montées d'adrénaline.

Il est vrai que les années soixante furent des années de bouleversement pour une grande partie d'un continent américain sous l'emprise des États-Unis. La Guerre froide éclatait et la révolution cubaine donnait de l'espoir à ceux qui croyaient au socialisme. Puis il y eut l'assassinat du Che en Bolivie et Pedro fut évidemment un des premiers journalistes chiliens à aller couvrir la mort de cet Argentin asthmatique engagé dans une guérilla vouée à l'échec dans un pays, certes latino-américain, mais où une grande majorité ne parlait pas espagnol et ne comprenait rien à la révolution qu'il voulait internationaliser.

En 1972, il couvrit aussi l'apparition en décembre des deux premiers survivants d'une équipe de rugby uruguayenne qui s'était écrasée deux mois plus tôt en pleine Cordillère, à la frontière chilienne-argentine, à plus de trois mille six cents mètres d'altitude. Sur les quarante-cinq passagers et membres d'équipage, il y eut seize survivants. Pour ne pas mourir de faim, les sportifs s'étaient résolus à manger leurs camarades. Ce qui évidemment provoqua un grand bouleversement dans ces pays très catholiques du Cône. Le pape, compte tenu des circonstances, les absoudra. N'avaient-ils pas réalisé à leur manière une communion ?

Pedro, avec son magnétophone, avait de même suivi les différents présidents. Il avait voyagé en Europe avec le démocrate-chrétien Frei en faisant rentrer sa voix dans le domaine du patrimoine national. Ensuite, il avait couvert les années d'Unité populaire dans le Nord, auprès des mineurs. Si bien que le 11 septembre 73, jour du putsch, il se trouvait dans la ville d'Antofagasta, à plus de mille trois cents kilomètres de la capitale et c'est de là-bas qu'il apprit le bombardement de *La Moneda*, le palais présidentiel, et la mort de son ami Salvador Allende.

Dès le 12 septembre, son nom figurait sur la liste des individus les plus recherchés par les militaires. Il dut donc rentrer dans la clandestinité. Puis, l'ambassade d'Argentine l'accueillit. Ensuite, il connut l'exil à Buenos Aires, à La Havane et à Mexico. Mais même s'il fut physiquement absent pendant dix ans, au Chili personne ne l'avait vraiment oublié. Depuis l'extérieur, sa voix était devenue celle même de la résistance. C'est elle qui émettait, via Radio Moscou, les nouvelles tues en pleine dictature. Il informait ses auditeurs, qui n'avaient plus accès à des médias libres, des exactions du régime dont on n'avait connaissance qu'à l'étranger.

Il était grand, imposant, athlétique et parlait haut et fort. Dans la rue, les gens d'un certain âge le reconnaissaient et se retournaient sur son passage pour le saluer. Les femmes s'arrêtaient même pour l'embrasser et le remercier d'être revenu. Retour qui lui avait été autorisé, après bien des démarches, parce que son épouse était décédée au Mexique et qu'il avait réussi à émouvoir un ministre, qui ne portait pas l'uniforme et avec lequel il avait joué au basket dans sa jeunesse, en expliquant que lui-même atteint d'une maladie incurable, voulait mourir dans son pays. Le problème pour ses détracteurs, c'est que ce retour semblait l'avoir ressuscité.

Il travaillait pour *Radio Chilena*, qui dépendait de l'archevêché de Santiago. Elle était dirigée par des démocrates chrétiens qui lui avaient concédé un espace, non pas précisément parce qu'il était catholique, car il ne l'était pas, mais plutôt parce que la radio avait misé sur son aura. Elle savait que ses chroniques et ses reportages allaient faire augmenter considérablement son audience. Évidemment, en ces temps de dictature, et même si la Junte militaire avait levé depuis 1983 les restrictions totales sur la presse écrite et la publication de certains livres, la censure était encore présente. Mais Pedro était un homme de terrain qui savait détourner les interdits. En tendant le micro aux gens qui lui parlaient des choses simples de la vie, de leurs rêves et souffrances, il remettait en question à sa manière le modèle économique mis en place par les *Chicago's boys* après la mort d'Allende.

Il commençait à travailler très tôt le matin. Il profitait de ses trajets pour enregistrer les personnes qu'il croisait dans la rue ou sur son trajet en *micros*, bus bruyants et polluants. C'étaient en général des ouvriers, des éboueurs, des marchands qui installaient leurs étals avant que la ville ne se réveille totalement. Il y avait aussi, à moitié endormies, les *nanas*, les nounous, gardes d'enfants et femmes de ménage-cuisinière qui traversaient la ville pour aller travailler douze-treize heures dans le *barrio alto*, le quartier riche, au pied de la Cordillère. Les trajets étaient longs, chaotiques et inconfortables pour ces femmes qui laissaient le plus souvent leurs enfants entre les mains de leur propre mère pour pouvoir gagner de quoi les sous-alimenter.

Anna habitait *Plaza Italia pa'bajo* mais à seulement vingt minutes à pied de *Radio Chilena* dont les studios donnaient sur la *Plaza de armas*, la place principale, en face du Vicariat de la Solidarité qui jouxtait la Cathédrale. Pedro avait un bureau dans un édifice mitoyen et c'est là qu'elle le retrouvait après sa matinale. C'est de là, aussi qu'elle envoyait ses papiers aux radios suisses dont elle était correspondante. Ensuite, ils allaient souvent manger ensemble et il en profitait pour lui faire une analyse de la situation politique du moment. Il la mettait au courant des dernières magouilles des gens du régime, des négociations entre différentes tendances d'opposition, des *off the record*, ce qu'on ne pouvait dévoiler, des dessous que les médias n'étaient pas en mesure de rendre publics.

Par ailleurs, grâce à ses contacts multiples et variés, Pedro avait trouvé du travail à Mario dans une revue d'opposition. Le compagnon d'Anna était chargé de faire la mise en page et d'illustrer avec des dessins humoristiques une revue qui devait éviter par tous les moyens la censure alors qu'elle dénonçait les abus des militaires et le système qui permettait leur enrichissement et celui de leurs complices. Car non seulement on continuait à tuer et à emprisonner des dissidents au régime plus de dix ans après le coup d'État, mais de plus on assistait à la privatisation de tous les services qui jusque-là avaient été entre les mains de l'État-providence. Le général et les siens étaient en train de construire un nouveau Chili, qui lui permettait de s'enrichir et d'enrichir les siens en annonçant avec autorité que *pas une seule feuille ne bouge dans ce pays sans que je ne le sache* ou encore :

*Pour rendre leur dignité à nos travailleurs, le mot ouvrier sera effacé du dictionnaire chilien.*

La mission de Pinochet consistait à faire de sa nation le laboratoire du modèle néolibéral dessiné par l'École de Chicago, que copieraient ensuite joyeusement avant tout le monde, la Grande-Bretagne de Margaret Thatcher et les États-Unis de Ronald Reagan. Son bras droit et membre de la Junte, l'amiral José Toribio Mérino, réputé pour son très haut taux d'alcool, présidait la commission qui légiférait la partie économique. Il déclarait à son tour aimer l'économie.

*Je l'avais étudiée un peu comme un hobby. J'avais suivi les cours d'économie de l'encyclopédie britannique...* avait-il déclaré très sérieusement à une journaliste pro-système. Tout un programme pour justifier son poste et sa rémunération !


— Il va falloir vous marier, dit l'avocat assis derrière son bureau en cuir.

Comme la plupart des Chiliens, habitués à porter l'uniforme depuis l'école primaire, il était en costume bleu marine et avait une chemise blanche très bien repassée.

C'était quelqu'un d'affable qui parlait avec les mains et que le couple était allé consulter, sous les conseils de Pedro, une semaine après leur arrivée à Santiago.

— Comme vous, Mario, vous avez eu un enfant à l'étranger, de mère étrangère, la loi ne vous permet pas de reconnaître votre fils. Ce qui implique que dans trois mois, Manuel et Anna seront des illégaux dans ce pays et seront « expulsables ».

— Et qu'est-ce qu'on peut faire ? demanda Anna encore incrédule.

— Tout simplement, vous marier ! répéta l'homme de loi.

Le mariage n'était jusque-là aucunement sa priorité et même assez inenvisageable pour la petite fille de Juliette. Cependant, pour les convaincre du bien-fondé de ce contrat, l'homme, qui voulait les aider, leur donna un autre conseil :

— Dans la mesure où, dans ce pays, le divorce n'existe pas, pour défaire ensuite votre union, il suffit de vous marier dans une commune qui ne correspond pas à votre lieu de résidence. Après, pour annuler le mariage sans problème, vous n'aurez qu'à déclarer qu'il y a eu un faux en matière de déclaration d'adresse.

C'est ainsi qu'Anna découvrit comment les plus fervents catholiques de Santiago faisaient plusieurs épousailles en omettant d'avoir juré, devant Dieu évidemment, d'être fidèle à leur premier amour pour le reste de leur vie. Elle s'aperçut aussi que le divorce interdit, les Chiliens s'accommodaient d'amours furtives volées aux heures des repas. Infidèles, les hommes et les femmes, qui en avaient les moyens, multipliaient les relations extraconjugales dans des motels qui fleurissaient sur les contre forts de la Cordillère ou sur la route allant vers le littoral. Les maisons closes n'étaient pas non plus insignifiantes : elles continuaient d'ouvrir leurs portes aux mâles en rut. En ville, on les repérait aux lanternes rouges suspendues au-dessus de leurs perrons.

Avant la fin août, le couple se maria sans que la Franco-suisse en n'informât sa famille. Il ne s'agissait pour elle que d'une démarche administrative, rien de plus. Si bien que par une journée froide et grise, elle se rendit avec Mario en bus jusqu'à *la población La Victoria*, attenante à *Lo Valledor*. Habillés en jean, leur enfant de dix mois dans les bras, ils étaient seulement accompagnés de leurs deux témoins.

Aussitôt descendus du bus, de la *micro*, ils s'aperçurent que *La Victoria* était encore plus pauvre que *Lo Valledor*. Une femme balayait le pas de sa porte et le trottoir en terre battue. Les fils électriques pendaient çà et là. Les maisons, en parpaing ou en bois, s'étaient agrandies et élevées en fonction des besoins des familles. Il n'y avait presque plus de jardin et la chaussée accueillait des flaques d'eau laissées par les inondations. Aux intersections, les poubelles, où les chiens fourraient leurs nez, s'entassaient, remplies de détritus. Les éboueurs semblaient ne jamais passer par là et au loin, on entendait des gens qui manifestaient leur colère et préparaient une nouvelle journée de protestation.

Après avoir demandé leur chemin, ils arrivèrent devant le registre civil qui tenait dans une petite maison peinte en vert foncé sur laquelle flottait le drapeau chilien. Ils entrèrent et se présentèrent. On les fit patienter. Au bout d'une demi-heure, une fonctionnaire, d'une quarantaine d'années, perchée sur ses hauts talons, les invita à passer dans une pièce au sol en parquet ciré. La femme, en uniforme couleur grenat, prit place derrière un simple bureau en métal gris. Elle était avenante et les invita à s'asseoir.

Au-dessus d'elle, Pinochet les fixait sans ses lunettes noires et muni de son écharpe présidentielle. Il souriait légèrement en essayant de faire oublier l'image du dictateur sanguinaire et de donner une image de patriarche bienveillant.

Elle commença la lecture du contrat de mariage. Après avoir accepté de se prendre pour époux et épouse, d'être fidèles, et Anna de se soumettre à l'autorité de son mari qui l'obligeait à ne pas pouvoir ouvrir un compte en banque sans son accord, la fille d'Antoinette lui posa des questions. La fonctionnaire lui répondit d'un ton très ironique et en pointant son doigt derrière elle :

— Parce que ce Monsieur-là en a décidé ainsi.

Puis elle enchaîna :

— Il faut que les choses changent. Ici, la situation est explosive, les gens ont faim et ça ne peut plus durer comme ça.

Le couple n'en croyait pas ses oreilles. Il était étonné de voir que la fonctionnaire municipale n'avait pas la langue dans sa poche et ne semblait pas avoir peur de s'exprimer. Mais si elle osait parler ainsi, c'était sans doute parce qu'elle savait qu'elle se trouvait face à des gens qui rentraient de l'exil.

Mario et Anna se sentirent heureux. Le Chili était vraiment en train de changer et eux étaient là pour vivre et contribuer à ce changement. Le problème était que ce changement – contrairement à ce qu'ils pensaient – allait prendre des années et coûter encore beaucoup de larmes et de vies.

# Paul et Antoinette

Après leur mariage, Paul et Antoinette s'installèrent à Plan d'eau, dans la propriété de Juliette, près de Cavaillon. C'est là d'ailleurs que naquirent leurs deux premiers enfants : Hélène en février 56 puis treize mois plus tard Anna, qui poussa son premier cri le jour du printemps. Les filles étaient arrivées très vite après le mariage de leurs parents qui avaient su rester vierges jusqu'à leur lune de miel.

Paul rêvait d'une grande et belle descendance. Il aimait l'idée de devenir patriarche. Cependant, la vie à la campagne ne lui plaisait absolument pas. Il n'était pas paysan et se sentait isolé, cloîtré dans ce mas qui n'avait aucune des commodités dont il avait joui jusque-là. Ambitieux, il continuait à être obsédé par les voyages et les aventures. Machiste, il ne supportait pas l'idée qu'il vivait sur une propriété qui appartenait à la mère de sa femme.

— Rien n'est à moi ici. C'est toi qui en hériteras. Si tu m'aimais vraiment, tu n'aurais pas accepté de te marier sous la séparation des biens.

Les paysans des alentours avaient du mal à le cerner. Ils n'aimaient pas vraiment ce Suisse qui fumait la pipe, qui ne parlait pas comme eux et semblait les regarder de haut. Si bien qu'avant même la naissance de sa deuxième fille, il laissa tomber sa femme enceinte de huit mois et son enfant pour aller chercher du travail en Suisse. Antoinette se sentit abandonnée.

Chez lui, il fut embauché par Nestlé comme ingénieur mécanicien. Si bien que son épouse, en sortant de la maternité, partit le rejoindre avec ses deux petites. De Genève, ils s'envolèrent quelques mois plus tard pour Kingston, en Jamaïque, où ils ne restèrent pas longtemps mais où elle donna naissance à Jean, un poupon blondinet que berçait sa nounou noire.

La fille de Juliette enchaînait les grossesses. Comme la plupart des femmes d'avant la pilule, elle tomba enceinte trois ans consécutifs. Après, elle fit une petite pause avant de remettre ça avec les deux dernières : Marie qui naîtra à Aguadulce, au Panama et Julia à Valledupar, en Colombie. C'est ainsi qu'elle pondit, malgré elle, et dans quatre pays différents, cinq enfants en huit ans. Elle n'en avait jamais voulu autant et eut toujours l'impression que les deux dernières étaient de trop.

Paul, en revanche, était content d'avoir toute cette marmaille qu'il n'élevait pas, mais qu'il dressait. Car sa conception de l'éducation était extrêmement répressive. Il n'hésitait pas à fesser ses enfants lorsqu'ils faisaient des bêtises ou étaient désobéissants. Anna se rebellait et n'acceptait pas ses châtiments. Jean, plus jeune, n'avait pas la force de caractère de sa sœur. Puis, seul homme au milieu de quatre « pisseuses », comme on disait à l'époque, il portait une très grande responsabilité. Il était censé sauver l'honneur et le nom de la famille. Ainsi, l'exigence et les incompréhensions paternelles ne l'aidèrent pas à se construire sainement.

Cependant, loin de remettre en question l'autorité de son mari, Antoinette vécut comme une princesse dans ces pays des Tropiques où les palmiers avaient remplacé les platanes et les bougainvilliers aux multiples couleurs, les bignones qui, chez elle, ne fleurissaient que l'été. Elle habita pendant dix ans dans des maisons construites pour les ingénieurs de Nestlé dans un espace protégé avec piscine et tennis. Elle jouissait de l'air conditionné, d'une bonne à tout faire, d'un jardinier et d'un chauffeur. Ses amies étaient les femmes des collègues de son mari ou les épouses des hommes du Lyon's Club. Aucune ne travaillait et toutes avaient une ou plusieurs « bonnes » à la maison.

Les enfants quant à eux, jouaient avec leurs semblables de la fabrique, des petits Blancs venus d'Europe tout en marchant pieds nus et en inventant des jeux en espagnol.

En Colombie, ils eurent des singes et des iguanes comme animaux de compagnie et apprirent à se méfier des serpents à sonnette, à manger des mangues vertes avec du sel, et des bananes plantains frites avec des *arepas*, des galettes de maïs. Ils savouraient aussi des papayes, des goyaves et du *mamey*, des fruits aux chairs généreuses et aux parfums chaleureux, alors que leurs parents avaient la nostalgie des pêches et des abricots, des fraises et des cerises, introuvables dans ces contrées de canne à sucre, de coton et de *marihuana*.

Les petits apprirent aussi, au désespoir des adultes, à danser au son des cumbias et des boléros qu'écoutaient à la radio les jeunes femmes qui les gardaient et qui leur racontaient leurs histoires fantastiques. C'étaient souvent de très jeunes filles-mères métisses à l'imagination débordante.

— Le Vendredi saint, tu ne dois rien faire, j't'assure, j'connais une fille qui est allée se baigner ce jour-là et qui s'est transformée en sirène.

— Elle vécut ensuite avec une queue de poisson ?

— Oui bien sûr et avec des écailles sur tout le bas du corps. Puis y'a aussi un homme qui est resté collé à son âne. Il l'avait enfourché pour aller travailler le jour saint, les effrayait Célia qui partageait ses soirées avec Anna, son frère et ses sœurs lorsque les parents sortaient. Et c'est ainsi que les plus grands furent plongés, sans le savoir encore, dans l'univers réel et merveilleux de Gabriel Garcia Marquez.


Tous les trois ans, Antoinette rentrait trois mois en Europe avec ses enfants. Elle prenait l'avion seule avec ses petits et Paul la rejoignait ensuite au mois d'août. En 64, elle voyagea avec les cinq. Julia, la plus jeune n'avait que trois mois et Hélène, l'aînée, d'à peine huit ans, était là pour la seconder. À cette époque, les voyages étaient longs. De Valledupar, il fallait se rendre à Bogota, la capitale, qui se trouvait à plus de huit cents kilomètres au sud du pays. Ensuite, on devait faire escale à Caracas, à Point-à-Pitre, à Lisbonne avant d'arriver le jour suivant à Paris où il fallait attendre des heures une correspondance pour Marseille.

Ce voyage avec les cinq, fut éprouvant pour la fille de Juliette qui pendant des années, fit le même cauchemar : elle perdait un de ses enfants dans un aéroport ou lors d'une de ces escales et vols interminables qui lui faisaient traverser l'océan Atlantique d'est en ouest.

Lorsque Paul les rejoignit cet été 64, il vint les chercher au château pour faire le tour de la famille suisse. Il en profita aussi pour visiter au pas de course les musées et les villes pleines d'histoires en se trimballant les enfants qui avaient du mal à le suivre. Eux, comme Antoinette, n'avaient évidemment pas leur mot à dire. Lui en revanche, criait et râlait lorsque les choses ne se faisaient pas comme il les avait programmées.

Ils virent Genève et Neuchâtel, le lac de Côme, Milan, Pise et Florence. Ils allèrent en Espagne, à Barcelone et Madrid. Si bien qu'après leur tournée infernale, lorsqu'ils revinrent au château, les mômes se sentirent libres de courir et d'inventer, dans ce lieu qui avait vu grandir leur mère, leur univers et leurs jeux qu'ils déclinaient autant en français qu'en espagnol.

Les grands-parents, oncle et tante étaient contents de les avoir. Ils les recevaient toujours avec plein de cadeaux et de friandises. Ils voulaient qu'ils restent et ne s'en aillent plus. Juliette se plaignait d'ailleurs de la distance qui les séparait et, croyant sa fille malheureuse dans ces contrées lointaines, essayait de la convaincre de rentrer au pays.

Il est vrai qu'Antoinette avait la nostalgie de la Provence et de ses saisons. Les années passaient et elle n'avait pas envie de s'éterniser dans cette Amérique latine pour elle trop sous-développée. Aussi, elle commença par convaincre Paul que pour l'avenir scolaire de ses enfants, il fallait qu'avant de rentrer au collège, ses trois aînés regagnent la France.

L'école, en Colombie, se terminait en décembre. Si bien que le couple choisit de se séparer des plus grands en janvier 1967, afin qu'ils enchaînent – en français, sans leur soutien et au deuxième trimestre – sur une nouvelle année scolaire dans une école primaire privée de Tarascon.

Hélène, 11 ans, Anna, 10 ans et Jean, 8 ans et demi, atterrirent ainsi en plein hiver au château Montfrein, chez Juliette et Ricardo qui avaient déjà l'âge de la retraite et ne s'intéressaient pas vraiment à leurs études.

L'atterrissage pour les enfants fut violent : de l'éternel été, ils passèrent à l'hiver avec son mistral, ce vent qui leur glaçait le cœur. De la lumière, ils passèrent aux sombres soirées. De l'espagnol, ils passèrent au français avec son orthographe compliquée et du statut de colon, ils passèrent à celui d'immigré. On ne les admirait plus pour leur peau blanche et leurs cheveux blonds et on se moquait d'eux parce qu'ils ne connaissaient ni Sheila ni Claude François.

Ce premier retour, cependant, fut pour Hélène une délivrance : elle n'avait pas à s'occuper des plus petites ; pour Jean, une période heureuse : son père n'était plus là pour le punir et le châtier ; pour Anna, en revanche, ce fut la naissance d'un sentiment de solitude. Elle, qui jusque-là était une enfant gaie et pleine d'insouciance, se sentit abandonnée. L'éloignement d'avec sa mère et ses petites sœurs lui pinçait le cœur. Et même si ses grands-parents l'amusaient beaucoup, et qu'ensuite, en tant qu'adulte elle allait vivre des années difficiles, elle considérerait toujours cette étape de sa vie comme une des plus tristes.

D'excellente élève, elle était désormais perçue comme un cancre qui ne connaissait rien à l'histoire de France ni aux règles grammaticales de la langue de Molière. Ses dictées étaient parsemées de fautes et son cahier était la risée de ses camarades qui le faisaient circuler pour l'humilier. Très rapidement, la maîtresse de l'école privée dans laquelle on l'avait inscrite décida de l'asseoir au dernier rang, à côté de celle qu'elle considérait comme la plus mauvaise de la classe. Anna dut s'accrocher pour gagner en quelques mois de CM1 quelques rangs et changer l'image qu'on avait d'elle à son arrivée.

Nonobstant, à la récréation ou à la sortie de l'école, elle se battait. Elle défendait son frère qu'on punissait parce qu'il ne savait pas ses tables de multiplication en français : il ne les connaissait par cœur qu'en espagnol. Le sentiment d'injustice montait en elle et elle n'hésitait pas à tirer les cheveux des pimbêches qui se moquaient de l'un ou l'autre de la fratrie ou à cogner les garçons qui s'attaquaient à Jean, son petit frère qu'elle apprit à protéger. Elle se souvient même d'avoir trempé dans l'encrier la queue de cheval de l'élève assise devant elle parce qu'elle était d'une extrême méchanceté. À une occasion, elle faillit se faire renvoyer : une mère se plaignit parce qu'elle avait frappé sa fille unique, élevée comme une poupée.

Juliette ne se préoccupait pas de ce qui se passait à l'école. Pour elle, l'Éducation nationale n'imposait que des contraintes aux élèves qui avaient mieux à faire qu'à perdre leur temps sur des bancs et des pupitres tachés d'encre. Si bien que les enfants durent se débrouiller seuls pour ne pas sombrer dans ce système qui ne leur faisait pas de cadeaux. Pour Hélène, dyslexique, ce fut plus difficile que pour les autres. Mais opiniâtre, elle arriva par la suite à devenir médecin.

# Santiago

Le dimanche 2 septembre, par une belle journée ensoleillée qui annonce le début de la fin de l'hiver, dans le quartier où le couple s'est marié, Anna, réconciliée avec une certaine église, décide d'aller à la rencontre de deux prêtres français installés dans une paroisse.

En entrant dans la *población*, en début d'après-midi avec mari et enfant, elle aperçoit des jeunes muralistes. Au pinceau, ils peignent avec des couleurs vives leurs espoirs et leurs colères. Mario lui explique que leur langage graphique et plastique est semblable à celui créé à la fin des années 60 en soutien à Allende par les brigades *Ramona Parra*.

Il semblerait que les murs soient devenus des armes de résistance et de lutte. Des slogans appellent à se mobiliser unis pour le mardi suivant et plus généralement pour la justice, la liberté et la fin de la dictature.

Un jeune-homme, Oscar, pinceau à la main, les interpelle et les invite à se joindre à eux. Il est évident qu'elle, elle n'est pas du coin et que se promener dans le quartier, même en plein jour, peut être dangereux pour le couple.

— Vous cherchez qui ? Ici, on vient pas faire du tourisme, leur dit-il après avoir échangé quelques blagues avec ses amis.

— Je suis de *Lo Valledor* et ma compagne, Anna, est journaliste. Elle est correspondante de Radio Suisse et voudrait s'entretenir avec les prêtres français.

Il la dévisage. Puis il lâche son pinceau, se nettoie les mains avec un chiffon et dit à ses collègues :

— Continuez, je les accompagne et je reviens.

Oscar est longiligne. Il a les cheveux noirs et les yeux foncés. Il se déplace d'un pas nonchalant. Les gens qui le croisent le saluent. Tout le monde le connaît. Les enfants l'appellent *tío*, tonton, et les plus vieux *hijo*, fils. Il a une vingtaine d'années et Anna comprend qu'ils sont sur son territoire.

Arrivés à la hauteur de la paroisse, il leur dit :

— Vous trouverez les curés chez eux. Ils sont en train de préparer *la olla comun*, la soupe populaire, avec l'équipe chargée de les seconder. Je vous laisse mais ne repartez pas trop tard, où demandez à quelqu'un d'aller vous laisser à l'arrêt de la *micro,* car le soir ici parfois les choses se corsent.

Sur ce qui pourrait être le parvis de la chapelle, un groupe de femmes, entourées d'enfants qui chahutent, épluchent des pommes de terre avec un homme qui de toute évidence n'est pas Chilien. Il est grand, a une quarantaine d'années et un sourire timide. Il porte une chemise à carreaux, un gilet tricoté, un jean et des sandales en cuir. Il s'agit d'André Jarlan, un vicaire originaire de Rodez qui travaille depuis peu dans cette *población*.

Le couple se présente ; on leur souhaite la bienvenue. Manuel dort dans la poussette emmitouflé dans une couverture en laine. Mario se sent comme un poisson dans l'eau. Il répond aux questions de ces dames et parle des enfants avec elles.

— Non, il fait pas toujours ses nuits. Il est un peu perturbé car on vient d'arriver…

Anna prend place à côté du vicaire qui parle l'espagnol avec un fort accent français. Apparemment, il a encore du mal à comprendre les Chiliens et leurs expressions idiomatiques. Il fait répéter les femmes qui l'entourent et qui se moquent de lui gentiment.

Doña Fernanda, une dame forte au teint rouge qui balaie les mouches d'un revers de main, s'intéresse à la journaliste et lui raconte son histoire :

— Nous, on est d'ici. On est arrivé en 1957. Au départ, on était mille deux cents familles sans abris. On vivait dans ce qu'on appelait le cordon de misère du *Zanjón de la Aguada*. Moi j'étais enfant, mais je me souviens qu'ici c'était un terrain vague et que dans la nuit nous nous sommes installés avec nos affaires, nos matelas, notre fourbi et nos bouts de carton.

— Moi mon père venait du sud, ajoute sa voisine, une femme plus jeune mais déjà édentée. Il a construit notre maison avec ce qu'il avait sous la main car ces *concha su madre*, ces connards, ne nous ont rien donné, tout ce qu'on a obtenu nous a coûté en vie humaine et en souffrance. Et malgré ces *culia'os*, ces enculés, on y est arrivé.

— Oui, mais il faut reconnaître qu'en ce moment l'atmosphère est tendue. Comme on ne rabat pas notre caquet, on est devenue avec ces cons de *milicos*, les boucs émissaires de ces enfoirés, ajoute une troisième qui ne châtie pas non plus son langage.

— *La Victoria* se soulève à chaque protesta, renchérit Claudia qui se présente comme la déléguée de la *olla común*. Nous sommes des gens pauvres mais super organisés. Nous avons mis en place un système de ravitaillement qui fonctionne depuis plusieurs années. Avec l'aide de la paroisse, on achète et on cuisine ensemble pour que les enfants aient au moins un repas chaud par jour.

Manuel se réveille, les femmes s'émerveillent face à cet enfant qui les découvre et les regarde sans bien comprendre où il est. Mario le prend dans les bras pour le rassurer. C'est bientôt l'heure du goûter. Il faut penser à faire son biberon. Doña Fernanda s'en occupe :

— Regina, met l'eau à chauffer, la *guagua*, le bébé, a faim !

Anna les regarde du coin de l'œil. Elle est arrivée à s'isoler avec André Jarlan. Elle a sorti son magnétophone et commence à l'enregistrer. Ils parlent en français. Lui, il roule les r comme les gens du sud-ouest.

— Moi, j'essaie avant tout d'éloigner les jeunes des *bolsitas de néopren*, des sachets de colle. Ici, c'est une plaie. Ils inhalent pour oublier leur quotidien mais ça fait des ravages. Mais vous savez ça fait pas longtemps que je suis là. Je suis arrivé à la fin de l'été. Je suis venu soutenir le père Pierre Dubois qui, contrairement à moi, connaît bien le Chili. Mine de rien, ça fait plus d'un quart de siècle que Pierre sillonne ce pays, dit-il avec son accent chantant aveyronnais.

André est, comme Anna, sur une terre qu'il découvre tout en essayant de se faire accepter par les gens auxquels il veut venir en aide. La conversation s'étend jusqu'à la tombée de la nuit. Le couple sait qu'il ne doit pas s'attarder. En repartant, il aperçoit des adolescents qui charrient des pneus de camion. Ils préparent les barricades pour le 4 et le 5. Ils repassent ensuite devant les muralistes. Oscar est toujours là et leur demande comment ça s'est passé avec les prêtres.

— Je n'ai vu qu'André car Pierre n'était pas là. Je reviendrai un autre jour.

— Pierre fait partie de la famille. C'est un vrai soutien pour nous. Il intervient toujours lorsqu'il y a des perquisitions ou des problèmes avec ces enfoirés de *pacos*, les carabiniers. Il a même installé une infirmerie dans la chapelle pour venir en aide aux blessés pendant les manifestations. Mardi et mercredi prochains vont être des journées chaudes. Il risque d'y avoir des morts. C'est notre dixième journée de *protesta*, mais sans *protesta*, il n'y a pas de changement.

Le lundi 3, Anna retrouve Pedro à midi. Ils mangent dans un petit restaurant du centre-ville qui se remplit chaque midi de journalistes et hommes politiques qui refont le monde. On commente l'actualité. Pedro la présente à des amis qui parlent du lendemain.

— Demain, on prévoit une grande *protesta*, Santiago sera paralysé.

Son ami lui explique :

— À chaque *protesta*, pour que personne ne puisse se rendre au travail, les *pobladores* installent des barricades en faisant brûler des pneus et très tôt le matin ils tapissent les rues de *miguelitos*, de clous à quatre têtes. Il faudra que tu te déplaces à pied, car les *micros* ne circuleront sans doute pas, prévient Pedro.

Le mardi, dès 10 heures, sur *la Alameda*, l'avenue qui traverse la vieille ville d'est en ouest, Anna se retrouve avec d'autres correspondants étrangers et des photographes de presse. Elle se présente, ils échangent des *suerte*, bonne chance ou encore de *cuídate*, prends soin de toi. Ils savent comment se déroulent les échauffourées entre manifestants et *pacos*. Ils la préviennent :

— Il te faut un masque si tu veux tenir. Autrement, prends un citron. Tu l'aspires si c'est trop intenable.

Les bombes lacrymogènes fusent et la font pleurer et fuir. Elle doit courir et aller se réfugier dans le bureau de Pedro. Quelques heures plus tard, elle apprend que les forces de l'ordre ont fait leur apparition dans les différentes *poblaciones* et notamment à *La Victoria*. Ils ont même ouvert le feu. Le prêtre Pierre Dubois a dû se rendre à l'hôpital avec un jeune qui a été touché par une balle. Dans l'après-midi, il mourra de ses blessures.

En fin de journée, alors qu'elle est rentrée chez elle à pied en évitant de prendre les grands axes, la radio pour laquelle travaille Pedro, lance un bulletin de dernière minute. Elle entend :

— Il était chez lui, à l'étage de la chapelle, assis à son bureau. Il lisait la bible lorsqu'une balle perdue l'a tué. Elle s'est logée dans sa nuque alors qu'il était en train de prier. Il s'est affalé sur son livre ouvert à la page du Livre des psaumes, vient de déclarer le père Pierre Dubois à *Radio Chilena*, la radio qui vous tient informé !

Mario est déjà à la maison. Il donne à manger à son fils qui est prêt pour aller au lit. Inquiète, elle le presse de questions :

— C'est André Jarlan, ils l'ont tué.

Anna est consternée. Les larmes lui nouent la gorge. Il faut néanmoins qu'elle couche son enfant. Qu'elle lui lise une histoire, qu'elle récupère sa voix, qu'elle fasse semblant d'être tranquille, alors qu'elle a le cœur qui bat dans ses oreilles et le souffle coupé. Une fois celui-ci endormi, il faudra qu'elle appelle les radios suisses pour envoyer le plus rapidement possible un papier. Grâce au décalage horaire, elle a une marge de manœuvre : l'info sera prête pour les matinales.

Le surlendemain, le couple confie leur fils à sa grand-mère, La Chabela. Avec elle, Manuel écoute les comptines chiliennes traditionnelles qui berceront ensuite toute sa petite enfance et apprend à manger des *sopaipillas,* des beignets à la courge. Puis ensemble, les nouveaux époux se rendent en *micro* dans le centre historique. Lui, il doit aller à la revue ; elle, elle se dirige vers la *Plaza de Armas*, où se trouve la cathédrale métropolitaine pour assister aux obsèques de Jarlan.

En traversant l'Avenue Banderas, ils aperçoivent une marée humaine qui s'empare de la chaussée et rend la circulation des véhicules impossible. Ils décident de faire le reste du trajet à pied et se mélangent aux milliers de manifestants qui hurlent leur colère. Les femmes, enfants, vieux et plus jeunes de *La Victoria* ont marché quinze kilomètres pour accompagner le corps de leur prêtre. Ils scandent tous : *André, tu ressusciteras dans la lutte du peuple.* En tête : Oscar, le muraliste rencontré le week-end précédent. Il est l'un de ceux qui portent le cercueil. Son visage est noyé de larmes et de rage.

Le parvis de la cathédrale se remplit de fleurs. Des bougies, des cierges l'illuminent depuis la veille, l'odeur à funérailles imprègne la Place principale de Santiago, les gens prient et crient leur désespoir et leur chagrin.

Trois jours plus tard, le corps d'André Jarlan est rapatrié en France. À l'aéroport, ils seront encore plus nombreux à lui faire leurs adieux. Pierre Dubois reste digne malgré sa douleur. Sa foi l'aide à surmonter sa peine.

Le bilan de ces deux jours de *protesta* atteint cent cinquante blessés, dix morts et mille détenus. À partir de là, Anna aura la sensation que son travail consistera essentiellement à couvrir des funérailles.

Un mois plus tard et pour la troisième fois dans l'année, un attentat provoque une des plus importantes coupures de courant de l'histoire du pays. Soixante-dix pour cent des Chiliens sont plongés dans le noir alors que la CNI, la Centrale Nationale d'Information, s'acharne entre autres sur le syndicaliste Mario Fernandez. Ensuite, les autorités expliqueront que celui-ci est mort *en se cognant volontairement contre une chaise et une table.*

Anna essaie de prendre ses marques dans ce pays qu'elle trouve très hostile. Manuel, quand il n'est pas malade, va à la crèche. La pollution de la ville lui enflamme les bronches si bien que les nuits sont parfois courtes pour ses parents et lui. L'enfant a des quintes de toux et s'étouffe. De plus, l'appartement dans lequel ils ont aménagé n'est pas très confortables. Non seulement il n'est pas lumineux mais de plus il est presque vide et peu accueillant. Les affaires envoyées par bateau depuis le Mexique ne sont pas encore arrivées.

— J'ai appelé pour avoir des nouvelles du bateau. Il semblerait que le déménagement s'est perdu en mer et vogue sur un cargo vers le nord, explique Mario à son épouse.

Elle, elle commence à déprimer. Le printemps n'arrive pas à s'installer et l'ambiance de Santiago commence à lui peser. Heureusement que Pedro est là pour lui remonter le moral. Les gens continuent à manifester. Les *protestas* gagnent du terrain. Aussi, le 6 novembre, débordé par les soulèvements populaires et par une grève nationale qui paralyse une partie du pays, Pinochet réinstaure l'état de siège.

Ce même jour, Anna est allée chez le médecin :

— Pas de doute, vous êtes enceinte !

Joie et craintes. Elle passe avec son fils dans la poussette chercher Mario au travail. Il accueille la nouvelle sans trop d'enthousiasme. Est-ce vraiment le moment ? Il est sept heures de l'après-midi et le centre-ville s'est vidé. Les commerces ont descendu leurs rideaux et les gens ont pris les derniers bus ou métro. Eux, ils ont décidé de rentrer à pied. Des militaires surveillent déjà les rues. D'un petit tank, un soldat les pointe. Il les vise et les suit avec son arme jusqu'à ce que le conducteur de l'engin décide de tourner au coin de la rue. Anna a le cœur qui l'étouffe. Il bat trop fort dans sa poitrine. Mario l'enveloppe avec son bras droit. Il essaie de la rassurer, « ça va aller ». Leur enfant dort dans la poussette. Vingt minutes plus tard, ils sont chez eux. La nuit, ils font l'amour pour apaiser leurs angoisses et se perdre l'un dans l'autre.

Les revues d'opposition qui s'étaient frayé un chemin sont interdites. Le régime n'est pas arrivé à les faire taire sans état de siège. Pourtant il avait essayé de les bâillonner quelques mois auparavant en leur interdisant la publication de photos. Chose qui s'était avérée inutile. A la place des images dénonçant des exactions, le rédacteur en chef de *Cauce*, où travaille Mario, avait décidé de laisser un encadrement vide. À l'intérieur, la mention censurée barrait l'emplacement de la photo et en bas de celle-ci, une légende souvent drôle décrivait l'illustration absente. On pouvait lire par exemple :

*Le Général Pinochet, lors d'un* « repas spontané » *offert à Viña del Mar, a modifié certaines de ses précédentes déclarations en rejetant toute possibilité de dialogue et de transition. Il frappe avec énergie la table en martelant ses déclarations.*

Au milieu de la culture de la mort, les Chiliens gardent leur humour pour pouvoir continuer à vivre. Ainsi, Anna apprend auprès de Mario et des siens à rire des choses grotesques de la vie. Son compagnon a un sens aigu de l'ironie et aime se moquer des absurdités et contradictions du quotidien.

Les revues d'opposition ne circulent que sous le manteau. Les journalistes travaillent clandestinement, pour la bonne cause, sans être rémunérés.

C'est une période où le manque de moyens et de liberté paralyse le couple qui n'a même pas la possibilité de se ressourcer face à l'étendue du Pacifique. Il faudra attendre des moments plus propices pour s'en aller découvrir l'immensité et la beauté de ce pays. Mi-novembre, ils sortent pour la première fois depuis leur arrivée de cette métropole suffocante. Ils se rendent à Valparaiso avec Memo, le frère de Mario pour récupérer leur déménagement enfin à quai après avoir navigué pendant plusieurs mois en haute mer.

Le container est ouvert, on passe au crible leur bibliothèque. Heureusement, ils avaient évité d'embarquer des livres trop compromettants. On trie leurs affaires, puis le sourire d'Anna semble jouer en leur faveur. On les laisse repartir avec leur caisse éventrée mais pleine d'objets intimes, de musique et de souvenirs d'ailleurs.

# Entre joies et peines

— Qu'est-ce que vous faites à Noël ?

— On n'a rien de prévu, répond Anna à Zabrina.

Les deux femmes se connaissent à peine. Le mari de la Chilienne, Juan, travaille avec Mario. C'est un jeune journaliste spécialisé en économie. Elle, elle vient d'accoucher de son deuxième enfant, Javiera, qui est née mi-septembre alors que son fils aîné, Gonzalo, n'a guère plus d'un an. Zabrina est documentaliste. En attendant que la revue *Cauce* réapparaisse pour intégrer son équipe, elle distribue clandestinement à ses souscripteurs les quatre pages photocopiées qui font office de canard.

Dans le milieu des gens contestataires, elle semble connaître tout le monde et tout le monde la connaît. C'est une *Santiaguina* qui ne passe pas inaperçue dans cette ville qui a vite fait de repérer qui est qui.

Son père est franc-maçon, radical et pompier. Trois caractéristiques qui, au Chili, semblent indissociables. Il est très charismatique et a des amis qui lui ont prêté main-forte lorsque sa fille a été détenue, une première fois à l'âge de seize ans, alors qu'elle portait encore l'uniforme scolaire, et une deuxième fois, quelques années plus tard, lorsqu'elle était activement rentrée dans la résistance à la dictature.

Aussi, même si Zabrina n'a pas échappé aux interrogatoires et à la torture, elle n'a pas disparu comme d'autres femmes qui ont partagé sa captivité. Elle est passée par *José Domingo Cañas*, ce centre de détention de torture et d'extermination. Ensuite, elle a été transférée à

*Villa Grimaldi* d'où elle en est sortie, après plusieurs mois, avec une claudication à vie et l'angoisse de ne plus jamais pouvoir avoir d'enfants. De ce qu'elle a affronté pendant ses séjours dans ces centres de torture, elle n'en parle que pour en rire. Elle se rappelle les chants inventés et les anecdotes qui rendent les souvenirs plus humains entre camarades de souffrances.

Après un bref séjour en Argentine, pour se faire oublier, elle est revenue au pays début 80. Elle est proche du MIR, du Mouvement de gauche révolutionnaire et vit de près l'assassinat de ses dirigeants.

Plus grande que la moyenne de ses compatriotes, elle porte des lunettes rondes sur un nez qu'elle plisse en même temps que les yeux. La cigarette, qui semble lui permettre d'inspirer et expirer longuement, fait partie du prolongement des doigts de sa main droite. Sa peau très blanche colorée par des taches de rousseur lui donne un air d'étrangère. Cependant, lorsqu'elle ouvre la bouche, personne ne peut douter de sa nationalité. Elle s'exprime avec cet accent qui oublie de prononcer les esses en fin de mot et avec ces expressions que seuls ces Latino-Américains du sud et de ce côté de la Cordillère emploient.

— J't'assure, c'est plus vrai que le verbe vrai, s'écrit-elle en riant à la manière des gens du peuple qui méconnaissent la grammaire castillane.

Le courant passe très vite entre Anna et Zabrina.

— Mes parents ont une petite maison à *Papudo,* au bord de la plage. Ça ne vous dirait pas qu'on y aille ensemble juste avant le vingt-quatre ?

— Ça serait génial ! Mais il faut voir si on a assez d'argent pour le car.

— Si on prend celui de *La Ligua* qui sort tous les jours à 9 h 30 du terminal qui est derrière la gare, on en aura pour moins de mille pesos par couple, les enfants ne paient pas. Ensuite, on en a pour deux heures de route jusqu'à *La Ligua* où on prendra un minibus taxi qui nous laisse sur la place principale de *Papudo.* C'est moi qui paie le taxi ! Le chemin entre *La Ligua* et *Papudo* n'est pas goudronné et il faut s'accrocher, mais c'est pas long, en trois quarts d'heure on y est.

*Papudo* est une station balnéaire délaissée par les gens riches qui lui ont préféré des endroits plus sauvages pour installer leur maison secondaire non seulement cachée au milieu d'eucalyptus qui transpirent leur arôme frais en été, mais au milieu de jardins où les acacias, les *lingues*, ces arbres endémiques du Chili, les palmiers, les plantes grasses, les myrtes aux odeurs citronnées, les lauriers rose et les caroubiers embaument et ombragent leurs après-midi au bord de leurs piscines hollywoodiennes. *Papudo* est donc modeste comparée à *Zapallar* qui ne se trouve qu'à dix kilomètres plus au sud et qui voit arriver chaque été les familles chiliennes très aisées.

Mais contrairement à *Zapallar*, à *Papudo* il y a de vrais villageois qui vivent surtout d'une agriculture de subsistance et de la pêche artisanale. Son port est petit, comme un mouchoir de poche mais c'est là que la vie se tisse au gré des tempêtes et du calendrier lunaire.

Dans le ciel, les mouettes, au torse blanc et au-dessus des ailes cendrées, annoncent l'arrivée des pêcheurs. Elles attendent avec impatience que les hommes vident leurs cales remplies de congres, limandes, soles ou colins pour se disputer avec les pélicans leurs repas que ceux-ci engloutissent plus vite qu'elles.

Les hommes reviennent aussi avec des fruits de mer, des coquillages, des oursins ou des *piures* à la chair orange vif et au goût iodé que certains mangent pour se remettre des gueules de bois des soirées trop arrosées.

Le village, comme la grande partie de cette côte du Pacifique se réveille presque toujours sous une brume qui ne se dissipe qu'en fin de matinée. Le courant marin de Humboldt, qui prend naissance près de l'Antarctique et refroidit cette frange océanique, fait échouer parfois sur ses criques des petits manchots qui ont perdu le sillage de leurs mères en quittant leur lieu de naissance sur le rocher de *Cachagua*, à quelques kilomètres au sud. Puis, la nuit, on entend au loin les otaries qui semblent aboyer en voulant s'accoupler.

L'air est plein de sel, la maison est froide et humide, mais l'allégresse est au rendez-vous. Dans l'après-midi, les deux garçons s'amusent à faire des châteaux de sable. Les promenades au bord de l'eau leur font découvrir un tracteur rouillé qui n'a plus roulé depuis longtemps. Les enfants le conduisent. On fait des photos, on est heureux loin de la chaleur qui écrase déjà Santiago en ce début d'été et loin de la répression que l'on ressent chaque jour.

Après les fêtes transpirantes de fin d'année, le début 85 s'écoule lentement avec torpeur et avec le ventre d'Anna qui s'arrondit. Les opposants au régime attendent la rentrée qui a toujours lieu début mars. C'est en général les femmes en lutte qui lancent les premières manifestations de la saison en s'emparant de la rue le 8. Cependant cette année-là, le dimanche 3 mars chamboule leur agenda. Alors que l'heure du dîner approche et que le couple se trouve avec leur enfant de seulement seize mois et des copains sur la place, en bas de chez eux, la nature rappelle tout le monde à l'ordre.

Il fait chaud, trop chaud pour une fin d'été. Ils ont passé une belle après-midi dans le parc *La Quinta Normal,* où se rassemblent les gens qui n'ont pas de quoi sortir de la capitale pour se rafraîchir. Ils ont joué avec le petit, puis avec leurs amis, ils se sont raconté des souvenirs ; ils ont ri des malheurs de chacun, se sont remémoré des situations cocasses de l'exil, et ont une fois de plus réinventé le monde.

Il se fait tard et ils n'arrivent pas à se quitter. Ils ne veulent pas penser à l'heure du couvre-feu et veulent profiter encore un peu des derniers rayons de soleil de cette fin de journée moite.

Soudain, les chiens se mettent à aboyer. Puis, comme s'il s'agissait d'un tonnerre interminable, un charivari sourd monte des entrailles de la Cordillère et le sol se met à bouger.

— *Concha tu madre,* il tremble ! s'écrie Jorge.

Anna, qui n'a jusque-là jamais vécu de gros séisme, prend son enfant dans les bras et en essayant de calmer les esprits lui répond, « ne t'en fais pas, ce n'est rien, ça va passer ». Sur ce, la terre commence à onduler, les arbres à s'agiter et les amis instinctivement se resserrent les uns contre les autres, s'enlacent, s'embrassent, se protègent. Mais le danger est sous leurs pieds. La terre semble se dérober puis se déchirer, se craqueler. Les secousses partent dans tous les sens : de haut en bas, de droite à gauche, de façon circulaire comme dans ces manèges qui donnent la nausée. Des gens fuient, des enfants pleurent, les chiens hurlent à la mort. Il y a ceux qui se mettent à prier. Les cris participent au chaos. Les étages des maisons en pisé commencent à se fissurer. Certains s'écroulent. Le temps s'étire. Il n'en finit plus et lorsque le calme revient, personne n'y croit vraiment. On a mal au cœur, on a la sensation d'être sur un bateau qui tangue. On se regarde, on s'embrasse, on est vivant.

Anna et Mario habitent à ce moment-là rue *Sotomayor*, entre *Portales* et *Huerfanos*, dans un appartement bricolé dans une grande maison bourgeoise du XIX$^e$, pas loin du lieu où lui a grandi. Tout ce centre ancien de Santiago semble avoir été bombardé. Les gravats jonchent les trottoirs, les rues et des nuages de poussière empêchent les gens de respirer. On tousse, on s'étouffe. Les larmes laissent des traces marron sur les visages.

Ils rentrent en courant à la maison. Mario reste dans la rue avec l'enfant qui a peur. Anna va constater les dégâts. Leur appartement est sens dessus dessous. Dans la cuisine, les lentilles, le sucre, le riz et les confitures tapissent le sol. Une partie du plafond pend et tout ce qui est suspendu aux murs s'amoncelle sur le parquet en bois fraîchement ciré. Le crépuscule commence à pointer son nez. Tout s'obscurcit. Pas d'électricité, l'eau est coupée. Ils ne pourront pas dormir là ce soir.

Au-dessus de chez eux vit un vieil espagnol qui ne sort presque jamais. Et fort heureusement car, lorsqu'il ouvre la porte de son taudis, une odeur nauséabonde imprègne tout l'édifice. Quelques semaines auparavant, en rentrant bourré, juste avant le couvre-feu, il s'est cassé la figure dans les escaliers et a perdu son dentier. Personne n'avait de téléphone et il fallut sortir, alors que c'était interdit, à la recherche de secours. Cette fois-là, le vieux survécut de la même manière qu'il survivra au tremblement de terre. Mais son pot de chambre s'est renversé et sa pisse suinte dans le salon d'Anna et de Mario. Anna en pleure de dégoût.

L'Espagnol ne fut pas emporté par le séisme mais mourut quelques mois plus tard seul et abandonné. C'est sa voisine française qui, s'apercevant que plus personne ne marchait à l'étage, a prévenu le propriétaire des lieux. Il fallut défoncer la porte pour récupérer le cadavre. Par la fenêtre, elle vit comment on emportait son long corps maigre caché sous un drap blanc. Il lui fit penser à Don Quichotte.

Mais avant cela, les jours, semaines et mois qui suivirent le séisme furent très éprouvants. La terre continua à bouger ; les plaques tectoniques devaient s'accommoder entre elles et des milliers de familles étaient contraintes de dormir à la belle étoile, sur les places, dans les jardins publics alors que les militaires n'étaient pas rentrés dans leurs casernes. À chaque nouvelle secousse, les enfants se mettaient à pleurer. On avait peur de ne plus pouvoir maîtriser la colère de la nature.

Encore sous le choc, et alors que le mois de mars était à peine entamé, Anna retrouve Pedro dans son bureau. Il revient du Port de San Antonio. Avec la radio, il est parti auprès des sinistrés du littoral. Il a les traits tirés, il est fatigué et inquiet : sous l'état de siège, les dons n'arrivent pas à destination.

— On sait que l'aide internationale est interceptée par les militaires. Leurs baraquements reçoivent les couvertures qui ne leur sont pas destinées et le lait en poudre est revendu au marché noir à des prix exorbitants, lui explique son ami.


L'automne s'annonce difficile. Au milieu des dégâts provoqués par le séisme, des perquisitions et des détentions ont lieu car on est encore sous état de siège et d'urgence.

Trois semaines après le tremblement de terre, le vendredi 29, en milieu de matinée Anna écoute *Radio Chilena*. Soudain, un flash annonce qu'à la porte du Collège *Latinoamericano*, un enseignant a été blessé à mort et deux autres ont été enlevés par des civils fortement armés. C'est un élève de quatorze ans, fils d'une des victimes, qui a appelé les journalistes.

L'un des séquestrés, José Manuel Parada, trente-cinq ans, travaille au Vicariat de la solidarité qui dépend de l'Église catholique. C'est l'organisme qui s'occupe de la défense des droits humains. Il est informaticien et il dirige le service d'investigation qui enquête sur un escadron de la mort qui sévit depuis plusieurs mois à Santiago.

L'autre, Manuel Guerrero est le surveillant général du collège *Latinoamericano*. Il est revenu il y a peu de l'exil. Tous deux sont communistes et amis.

Inquiète par ce qu'elle entend, elle va voir Mario qui travaille clandestinement à la mise en page de la revue *Cauce*. Ensemble, ils décident de ne pas déposer à la crèche ce jour-là leur enfant. Mario va rester à la maison et préfère garder Manuel qui de plus est très enrhumé.

— Avec ces nouvelles et la pollution qu'il y a en ce moment, il vaut mieux qu'il reste ici, précise le père. Et puis serrant sa femme dans les bras, comme s'il avait peur de la perdre, il ajoute, et toi sois prudente.

Anna se rend au centre-ville en quête de plus d'informations. Pedro lui donne des détails :

— Parada est passé déposer sa fille aînée, Javiera, au collège. Sa femme, Estela Ortiz, dit qu'il était soucieux car il avait eu vent de ce qui s'était passé hier à l'ACECH.

— C'est quoi l'ACECH ?

— C'est l'Association des Enseignants Chiliens. Leurs locaux ont été pillés et trois professeurs et une secrétaire ont été kidnappés.

— Et Estela Ortiz ? C'est la femme de Parada ? Tu sais que c'est aussi la directrice de la crèche où va mon fils ?

— Oui, je sais.

— Mais elle n'était pas encore au travail ?

— Non, pas encore. Elle l'attendait plus loin dans la voiture quand elle a entendu un hélicoptère survoler le quartier. Il faisait beaucoup de bruit et elle a mis du temps à s'apercevoir que trois voitures sans plaque d'immatriculation arrivaient à toute vitesse par l'avenue de *Los Leones*.

Comme dans les films, elles avaient freiné en faisant des dérapages devant l'établissement scolaire et des hommes armés en étaient sortis. Ils s'étaient précipités sur les deux amis. Guerrero avait résisté et crié « Au secours, la CNI m'enlève ». Un de ses collègues, arrivé sur les lieux, s'était interposé. Un homme habillé en civil avait dégainé et lui avait tiré une balle à bout portant en pleine poitrine sous les regards effrayés des élèves et de leurs parents venus les accompagner jusqu'à l'entrée de l'école.

Anna n'avait pas fait le lien entre Parada et Estela Ortiz. Pourtant, elle connaissait bien Estela. Non seulement elle l'avait connu à la crèche, mais aussi parce qu'elle l'avait interviewée en tant que membre de l'Association des familles des détenus disparus. Elle savait que les militaires avaient fait disparaître son père, un écrivain. Depuis, cette femme, mère de quatre enfants, le cherchait sans relâche. Elle avait fait une grève de la faim et s'était enchaînée aux grilles de l'ancien parlement.

Avec d'autres femmes, elles avaient défilé aussi avec le portrait de leur homme, père, mère, enfant sur la poitrine en criant *¿Dónde están ? Où sont-ils ? Vivants on les a emportés, vivants on les veut.*


Les parents de Parada, avec leur belle-fille et la famille de Guerrero, font bloc. Ensemble, ils déposent des recours auprès des services juridiques du Vicariat de la Solidarité où travaille José Manuel. Les avocats de l'ACEH en font tout autant. L'Église catholique introduit un *habeas corpus*, une procédure judiciaire qui est censée protéger les victimes d'arrestation arbitraire, sans trop d'espoir. Entre 1973 et 1979, les familles des victimes de la répression ont présenté plus de cinq mille recours d'*habeas corpus* et à peine quatre ont été acceptés par les tribunaux.

La nuit est longue et pleine d'angoisse. Le lendemain, samedi, Anna, Mario et leurs amis écoutent la radio en boucle.

— Il semblerait que deux jeunes ont été abattus hier près de la gare, pas très loin d'ici. Ils ont parlé de règlement de compte, mais ça m'étonnerait, explique Jorge qui a su qu'ils étaient frères et s'appelaient Vergara.

— Ma mère habite dans le quartier et elle m'a dit qu'ils étaient du MIR, du Mouvement de gauche révolutionnaire, et qu'ils ont été assassinés par des policiers, précise sa compagne Mirna qui travaille pour un organisme de l'Église.

— C'est difficile de savoir ce qui se passe vraiment, se lamente Anna. Avec toutes les rumeurs et l'État de siège, je n'arrive pas à m'informer.

Un flash les fait taire. Un journaliste sur un ton très alarmant parle de trois corps retrouvés vers midi, du côté de *Quilicura,* par des paysans. Jorge fond en larmes. Il imagine qu'il s'agit de ses amis Parada et Guerrero. Mais qui est le troisième ?


Monica Pinto, Nelson et José Ruiz regardaient les avions décoller. C'était leur passe-temps lorsqu'ils rentraient à vide des halles où ils livraient chaque matin les produits de leur potager. Assis dans leur véhicule tiré par un vieux cheval, ils rêvaient de départs, d'un ailleurs plus facile lorsque Monica eut une envie pressante et mit pied à terre.

Sa vessie soulagée, elle remonta son pantalon et se rhabilla. Mais quelque chose l'interpella. À quelques mètres, au bord d'un chemin, entre des arbustes, il y avait un corps allongé. Elle crut qu'il s'agissait d'un homme qui cuvait son vin. Elle l'approcha peut-être avec l'idée de lui faire les poches quand soudain elle vit l'horreur et fut prise de nausée. Elle cria et ses compagnons vinrent à la rescousse. Il s'agissait d'un cadavre aux poings et mains liés. Plus loin gisaient deux autres hommes. Les trois avaient été égorgés et l'un d'entre eux avait été, en plus, éventré.

Il s'agissait de Parada, Guerrero et Nattino, un dessinateur industriel de 63 ans qui avait été arrêté dans le *Barrio Alto,* dans les beaux quartiers de la capitale chilienne le jeudi 28 mars à 13 h 30.

Anna appelle les radios suisses. Elle leur propose des papiers. Ils n'en veulent pas, trois morts ce n'est rien par rapport à d'autres infos. Elle négocie, elle a l'impression d'être un marchand de tapis. On lui accorde une minute ou une minute trente à chaque fois pour expliquer ce que, sans recul et sous état de siège, elle ne comprend pas toujours bien. Mais, le couple a besoin d'argent. Pour l'instant, les radios sont leur seule ressource et il faut payer le loyer et manger. Ils vivent grâce aux tragédies qui font l'info en Europe.

La douleur se lit sur les visages. Jorge est anéanti. Il doit se cacher. Anna se replie sur elle-même. Elle, si indépendante, se sent amarrée à Mario. Elle dépend comme jamais de lui et se demande comment elle pourrait survivre s'il lui arrivait quelque chose. Elle se dit malgré tout que s'il coule, pour les enfants, il faudra qu'elle résiste. Elle ne pourrait pas se permettre de couler avec lui. La nuit, leurs corps s'entrelacent pour n'en faire qu'un. Le matin, quand le soleil pointe son nez derrière la Cordillère en détachant son immensité comme dans un théâtre d'ombres, l'angoisse reprend : elle se sent confinée, elle a l'impression d'être exilée dans cette ville qui devient une sorte d'île terne et humide une fois que l'automne s'installe.


Rayen naît le 10 juin 85 dans un hôpital lézardé qui ne s'est pas encore remis des blessures du tremblement de terre. Elle est paisible et apporte à sa manière du répit. Les petits bonheurs de la vie s'installent avec les enfants qui apprennent à se découvrir, à se connaître et à s'aimer. Les complicités propres à leur monde se nouent.

Pinochet lève à ce moment-là l'état de siège et le couvre-feu. Mario reprend officiellement son travail de graphiste dans la revue *Cauce* et la petite famille emménage dans un appartement plus grand, très lumineux et plus confortable, dans la même rue mais de l'autre côté de l'Avenue *Portales*. Même si elle reste à quelques rues du quartier *Yungay*, qui a vu naître et grandir Mario, leur nouvelle demeure jouit de plus de commodité : il y a enfin le téléphone à la maison et le métro n'est plus qu'à cinq cents mètres.

L'hiver est froid et humide mais il est secoué par l'avancée de l'enquête sur les trois égorgés. Le juge Canovas, pour la première fois de l'histoire de la dictature, arrive à déstabiliser celle-ci en inculpant quatorze membres de la gendarmerie, les *carabineros*, de complicité dans le triple assassinat des communistes.

Le juge, un vieil homme terne et gris mais incorruptible, suit l'affaire malgré les intimidations et les pressions. Alors qu'il n'a jusque-là jamais vraiment fait parler de lui, ce fervent catholique, qui souffre en silence d'un cancer, décide de faire son boulot de magistrat et de passer ainsi à l'histoire. Sillonnant Santiago avec son imperméable beige et son chapeau noir, cet homme, au teint pâle et à la stature imposante, se sert entre autres des informations délivrées par les Services secrets du régime, la CNI, pour mener à bien son enquête.

La Centrale Nationale d'Informations est en guerre contre les autres corps répressifs. Elle n'accepte pas que l'on vienne marcher sur ses platebandes lorsqu'il s'agit de faire le sale boulot. Si bien que ses indics fournissent des noms et des faits à Canovas qui travaille sur l'affaire sans relâche. Il interroge les différents témoins, les survivants, les séquestrés, les torturés, ceux qui ont su tenir leur langue et ceux qui ont trop parlé.

Le premier août 85, dans un rapport de plus de deux mille pages, il révèle la relation entre les détentions et tortures des enseignants de l'ACECH, de la secrétaire (violée par six carabiniers) et d'un architecte avec le triple assassinat des communistes Parada, Guerrero et Nattino.

Une bombe semble avoir explosé au sein de la dictature !


Anna écrit un long article sur le cas des égorgés pour le Monde Diplomatique avec sa collègue et amie Montse qui a entrepris de reprendre ses études de droit interrompues à Paris.

Les deux femmes se sont connues à Santiago. Leurs compagnons ont travaillé ensemble avant le coup d'État dans le journal communiste *El Siglo*, Mario en tant que graphiste et Gustavo en tant que photographe. Les hommes se sont retrouvés après plus de dix ans d'exil. Les deux femmes quant à elles, se sont tout d'abord jaugées avant de devenir des amies inséparables.

Montse est une Française d'origine catalane aux immenses yeux bleus. Ses grands-parents ont fui le franquisme avec sa mère bébé. Ils ont vécu dans le camp d'Argelès-sur-Mer avant de monter en Normandie. Puis Montse sera élevée en catalan dans le Perche, au son de l'Internationale, et avec cette obsession familiale du retour au pays. Franco mort, les grands-parents rentreront à Barcelone. Mais leur petite fille, persuadée, tout, comme Anna, qu'au Chili la dictature est en train d'agoniser, décide de suivre son compagnon qu'elle pense être un beau résistant.

Grande et svelte, elle attire les regards aussi bien des hommes que des femmes. Elle parle l'espagnol avec un accent catalan et a un rire qui vole en éclat. Néanmoins, son charme n'empêche pas Gustavo, mari jaloux qui lui fait régulièrement des scènes, de la tromper. Heureusement, avec l'aide de sa copine, elle découvrira après plusieurs années de vie commune qu'il n'est en fait qu'un pitoyable mythomane qui n'hésite pas à se servir d'alibis révolutionnaires pour aller retrouver ses maîtresses à l'autre bout de Santiago. Le couvre-feu avait par moment bon dos. Alors qu'il était dans les bras d'une autre, il expliquait le lendemain à Montse qu'il n'avait pas pu quitter une réunion clandestine à temps et qu'il s'était trouvé dans l'obligation de dormir sur place, dans une *población* plus ou moins encerclée par les militaires.

Elle, admirant les activités illégales de Gustavo, n'osait en parler à personne de peur de mettre en danger les valeureux qui conspiraient contre la dictature. Quand elle finit par mettre Anna dans la confidence, celle-ci lui pointa certaines incohérences et après avoir mené leur enquête, les copines comprirent le manège du *latin lover* Gustavo.

— Il m'a invité au restau et j'ai attendu qu'on soit servi pour lui balancer à la gueule ce que j'avais sur le cœur. Je parlais en espagnol et il m'implorait « pas en espagnol, s'il te plaît ». C'est vrai que j'étais déchaînée et que je hurlais. Alors que tout le monde nous regardait, je me suis levée, je lui ai balancé mon verre de vin rouge à la figure et je me suis cassée.

C'est ainsi que la Catalane mit fin à son mariage et se libéra d'un soi-disant révolutionnaire qui avait réussi à la berner pendant plus de six ans.

# Respirer

Avant que l'été n'arrive, Pedro organise une sortie à la plage. Sur le littoral, à *Quisco*, à une centaine de kilomètres de la capitale, l'Association professionnelle des journalistes met à disposition de ses adhérents des cabanes. Il invite Anna et les siens à passer un week-end au bord du Pacifique.

Respirer l'iode de la mer et sentir le vent du littoral les revivifient. Écouter les vagues déferler avec force sur les rochers qui se dressent avec des crinières de *cochayuyo*, d'algues, les fait rêver à un renouveau possible. C'est comme si la puissance de cet océan symbolisait la capacité de résistance de ce peuple qui a pour habitude de se baigner dans ses eaux froides qui remontent du sud.

Ils parlent du passé et du futur tout en s'extasiant devant cet horizon qui se noie au loin. Anna est émue devant ce spectacle. Son fils Manuel cherche des coquillages avec son père. Ils courent tous les deux sur le sable humide. L'air est frais et elle emmitoufle sa fille de quatre mois dans son châle puis la serre contre elle. La petite dort paisiblement.

— Que c'est beau, dit-elle soudain. Malheureusement, ce n'est pas une mer qui t'invite à te baigner. C'est juste un océan qui te permet de penser que tu peux devenir poète en admirant son immensité, ajoute-t-elle.

Pedro rit. Effectivement, ce Pacifique-là a inspiré beaucoup d'écrivains. Une des maisons de Pablo Neruda n'est d'ailleurs pas loin de là.

— On peut y aller si tu veux, lui propose-t-il.

Et il lui raconte comment le poète, dans les années 30, avait acheté à un marin espagnol un cabanon à *Isla Negra*, à quelques kilomètres d'où ils se trouvent. Ce lieu, sous scellés depuis le 11 septembre, n'est pas situé sur une île comme son nom pourrait le faire croire mais au milieu de pins parasols et d'eucalyptus bleu vert qui poussent sur une terre rouge tout en regardant la mer.

— Tu verras, la maison est à elle seule source d'inspiration, de création et d'odes à la mer. Elle renferme des trésors, des tableaux, des figures de proue, de petites et grandes histoires. Elle ressemble à un bateau et elle se trouve sur le haut de la propriété, surplombant les vagues qui se déchirent à ses pieds.


Après avoir mangé du poisson et des crustacés au restaurant qui dépend encore de la coopérative des pêcheurs, tout le monde part à pied à la recherche de ce cabanon, que le prix Nobel de littérature a su transformer en grande maison, remplie d'objets de collection et de trésors mais expropriée depuis *El Golpe,* le coup d'État.

Au bout de trois quarts d'heure de marche depuis la plage, ils repèrent facilement la propriété. À ses pieds, d'énormes rochers semblent la protéger de la houle et sur ceux implantés sur le sable, des graffitis font allusion au poète :

*Car là où on ne laisse pas parler un homme*
*Ma voix s'élève*

Il s'agit d'un extrait des *Vers du capitaine.*

Sur d'autres, on voit le portrait du poète communiste, ami de Salvador Allende et ambassadeur du Chili en France lors de l'Unité Populaire. Les slogans politiques fusent, il semblerait qu'ils n'ont pas le temps d'être effacés avant que d'autres naissent pour les remplacer.

Apparaît la maison de Neruda entourée d'une palissade en bois et de barbelés. Des pancartes interdisent son accès et signalent que c'est une enceinte qui appartient à l'armée. Pedro l'a évidemment connue du temps où le poète en avait fait son quartier général. Du temps où toute l'intelligentsia latino-américaine et les réfugiés de la guerre civile espagnole, ou d'ailleurs, venaient partager des moments de fête et d'insouciance avec l'écrivain et sa compagne Matilde Urrutia.

Bravant tous les interdits, l'homme de radio décide de rentrer dans l'enceinte condamnée. Se faufilant entre les barbelés, il ouvre un chemin à ses amis et à leurs deux enfants qui hésitent à le suivre. Mais curieux de voir de plus près la maison dont parle Neruda dans ses mémoires posthumes, *Je confesse que j'ai vécu*, ils suivent le maître de cérémonie et se retrouvent en bas d'un jardin parsemé d'aloès et de plantes grasses. Manuel, sans lâcher d'une main son biberon, tenant de l'autre celle de sa mère et Rayen, lovée dans les bras de son père, grimpent pour atteindre la maison clôturée par décret. La vue là-haut est époustouflante. L'Océan et le ciel se diluent à l'horizon.

Soudain surgit un homme d'une quarantaine d'années, maigre et à la peau cuivrée par le soleil. Il s'agit de Carlos, le jardinier. Quelqu'un du village que Pedro reconnaît et qu'il reçoit à bras ouverts. Les yeux de Carlos se remplissent de larmes à la vue du journaliste. Les deux hommes s'embrassent, Pedro lui présente ses amis et le jardinier explique qu'il veille à ce que personne ne saccage les lieux. Puis il raconte son quotidien sans Neruda et la tristesse que lui cause la maison sans vie.

— Plus personne n'a le droit de rentrer. Au début, quand les *milicos* venaient, ils brûlaient des livres et emportaient des papiers. Ça nous faisait mal au cœur et on en pleurait de rage. Mais ils n'ont pas pris sa collection de *caracolas*. Ses coquillages sont toujours là et viendra le jour où on pourra les revoir. Je sais que Don Pablo voulait que cette collection soit remise à l'Université du Chili.

Puis Carlos se souvint du 11 et des jours qui suivirent. Il raconte comment Neruda a appris le bombardement de la Moneda, du palais présidentiel, et la mort de son ami Allende dans cette maison.

— Il souffrait d'un cancer, il était alité et Matilde a essayé de l'épargner mais il écoutait la radio en boucle.

La junte le met immédiatement en résidence surveillée. Dévasté, sa santé se dégrade et les médecins décident de le transférer dans une clinique de la capitale. Le voyage en ambulance est chaotique. Bien qu'escortée par des forces de l'ordre, l'ambulance doit braver des barrages avant d'atteindre Santiago. Et c'est là-bas, loin de son Pacifique que le poète s'éteindra douze jours après le putsch. Pour ses funérailles, le couvre-feu et l'état de siège interdisent tout rassemblement. Aussi son cercueil sort presque en cachette de la clinique Santa Maria encerclée par des militaires armés jusqu'aux dents qui veillent à ce que seulement son épouse, accompagnée de sa sœur et d'une amie assistent aux obsèques. Cependant, Neruda est trop populaire pour s'en aller comme ça, sans adieu. La télévision, la radio et la presse internationales ne peuvent rater cet événement. Elles sont là et au fur et à mesure que le cortège avance, des amis, des gens de la rue les rejoignent. Les obsèques se transforment en la première manifestation anti- dictatoriale du pays qui est encore sous le choc de la violence et de la répression du 11.

Certains portent des œillets rouges, d'autres des lunettes noires pour cacher leur peine. Une foule arrive au cimetière général. Il y a des femmes et des enfants, des Chiliens des quartiers riches comme des *pobladores* des quartiers pauvres, des militants de gauche qui scandent : *Camarade Pablo Neruda, présent, camarade Pablo Neruda, présent, camarade Pablo Neruda, présent, maintenant et toujours* ou encore, *le peuple uni jamais ne sera vaincu*. On chante l'internationale.


Pour Pedro et ses amis, le retour à Santiago se fait en bus et dans l'optimisme. Tout semble changer de couleur avec les beaux jours. Les siestes des enfants s'éternisent et les parcs sont devenus les aires de jeux qu'ils partagent avec d'autres petits du même âge et des évangélistes qui chantent à tue-tête que Dieu est grand ou crient en brandissant la bible à qui veut les entendre que le jour du jugement dernier et de l'Apocalypse sont proches.

On les appelle les *canutos*. Ils ont envahi toutes les places publiques du pays. À chaque coin de rue, une église pentecôtiste ou méthodiste élève sa voix. Il y a aussi les adventistes du Septième jour.

Ceux-là annoncent prophétiquement le retour du Christ. Pour eux l'âme n'est pas immortelle et lorsqu'on meurt, on ne fait que dormir, que rentrer dans un état d'inconscience non définitive. Convaincus que tous les êtres humains vont se réveiller un jour, soit pour être sauvés et avoir accès à la vie éternelle, soit pour faire face au jugement dernier, ils se battent avant tout contre Satan.

Anna ne les supporte pas. Lorsqu'ils s'installent sous ses fenêtres avec ou sans guitare, elle rentre dans une colère telle qu'il lui arrive même de les chasser à coups de seaux d'eau. Elle n'essaie même pas de les comprendre ni de leur adresser la parole. Pour elle, ils représentent un danger et elle ne veut pas qu'ils s'approchent de ses enfants.

Les petits, eux, ont enfin une nounou. Après avoir accueilli de jeunes filles au pair qui suivent des cours du soir, le couple a trouvé en *Doña Carmen,* une femme édentée qui ne doit pas avoir plus de quarante-cinq ans, la personne à qui ils confient leurs enfants. Elle habite dans une *población* à trois quarts d'heure de la rue *Sotomayor.*

D'origine paysanne, *Doña Carmen* ne sait ni lire ni écrire mais cela ne semble pas la handicaper. Arrivée adolescente et seule à Santiago, elle a commencé à travailler comme employée domestique dans le *barrio alto* chez des gens très catholiques. Elle était *puertas adentro,* c'est-à-dire qu'elle logeait chez ses patrons et ne sortait que le dimanche après-midi, après avoir fait la vaisselle du déjeuner et une fois que plus personne n'avait besoin d'elle. C'est lors d'une de ces sorties, en se rendant à la paroisse qu'elle connut Filiberto. Un homme aimable, qui venait aussi de la campagne et qui gagnait sa vie en s'occupant des jardins particuliers des alentours.

Leurs rencontres devinrent des rendez-vous hebdomadaires. Parfois, elles étaient très brèves et dans la précipitation, sans trop savoir comment, Carmen tomba enceinte. Cependant, Filiberto, qui était un homme responsable, ne l'abandonna pas et lui demanda de quitter la famille qui l'employait depuis près de dix ans pour venir vivre avec lui à *Pudahuel.*

Possédant un lopin de terre ombragé dans cette *población* pas trop éloignée de l'aéroport international, le jardinier commença à faire des extras dans les entrepôts de l'aérogare et à récupérer des palettes et de grandes caisses en bois de déménagement pour agrandir leur première maison préfabriquée, une *mediagua* de 18,3 m$^2$ obtenue dans les années soixante grâce à un programme du *Hogar de Cristo*, une association caritative, dirigée par des jésuites, qui essayait de donner un toit aux Chiliens qui n'en avaient pas.

Les toilettes sèches se trouvaient au fond du jardin, pas loin du poulailler et Carmen se débrouillait pour cuisiner à l'extérieur. Elle cuisinait au charbon de bois et avait un tonneau en guise de four où elle faisait du *pan amasado*, du pain, qu'elle vendait dans la rue.

Rapidement, après le premier enfant vint le deuxième puis le troisième, aussi, le couple dut pousser les murs de la *mediagua* et agrandir de nouveau la maison tapissée de papier journal pour accueillir les filles et des années plus tard leurs compagnons et leurs petits-enfants.

Lorsque *Doña Carmen* arriva chez Anna et Mario, ses filles n'étaient plus des adolescentes mais leur mère devait les loger et les aider à joindre les deux bouts. Bien qu'en couple, elles n'avaient pas les moyens de quitter papa et maman.

Chez Anna et Mario, *Doña Carmen* travaillait du lundi au vendredi de 9 h 30 à 19 h. Elle s'occupait des enfants avec amour et de la maison avec professionnalisme. Elle passait presque tous les jours, avec le pied droit et dans un mouvement allant de l'avant vers l'arrière, la paille de fer sur le parquet en bois non vitrifié. Ensuite, elle le lustrait avec un chiffon imbibé de cire. Trois fois par semaine, elle lavait le linge dans une espèce de machine à laver qui se résumait en un tambour qui tournait mais qui ne rinçait ni n'essorait le linge.

Elle cuisinait et lorsque les enfants faisaient la sieste, elle repassait devant sa *telenovela* favorite. Pour Anna, qui évitait ces tâches ménagères trop contraignantes, elle en faisait évidemment trop. Mais les enfants l'adoraient et passaient leur après-midi au parc avec elle et les voisines qui parlaient de la pluie et du beau temps, de la dernière série télévisée, de leurs enfants, de leurs hommes et de leur quotidien.

Comme elle était très catholique, la seule chose qui la dérangeait profondément chez ses nouveaux patrons était que les enfants ne fussent pas baptisés. Alors il lui arrivait de les emmener en cachette à l'église pour leur apprendre à prier, à faire le signe de la croix ainsi que des génuflexions. Les enfants prenaient tout cela pour un jeu. En grandissant, cependant, Manuel devint un peu plus critique et considéra que sa nounou parfois disait un peu n'importe quoi.

— Maman, y'a un Monsieur qui est tombé dans le parc et la *Nana* a dit que Dieu était venu le chercher.

— Mais comment ça ?

— Non, mais elle dit pas la vérité la *Nana* parce que moi j'ai bien vu que Dieu n'était pas venu le chercher.

— Qui est venu alors ?

— Eh bien l'ambulance !

# Anna

*J'ai perdu la foi très jeune et j'ai passé mon adolescence en colère contre l'éducation religieuse qu'on m'avait infligée en Colombie. Ma mère, Antoinette, avait fait son école primaire à Tarascon chez de bonnes sœurs et elle voulut que ses filles en fissent autant à Valledupar, dans cette terre tropicale de contrebandiers.*

*Les Capucines censées nous enseigner à lire et à écrire en espagnol, ainsi que les bonnes manières, avaient été un véritable cauchemar. Alors que je n'avais pas dix ans, ces religieuses avaient essayé de me convaincre de convertir mon père protestant au catholicisme. L'enfer le menaçait, disaient-elles, de la même façon que le purgatoire menaçait toutes les familles qui n'assistaient pas systématiquement à la messe le dimanche.*

*J'étais incapable, car trop jeune, d'aborder ce sujet avec mes parents. Mon père était très autoritaire. Nous ne partagions que les repas avec lui et souvent c'était des repas qui finissaient mal. Ma mère s'empressait de lui raconter nos bêtises et lui de prendre des sanctions qui se traduisaient par un nombre de fessés qui variait selon la gravité de nos actes indisciplinés.*

*Sa conception de l'éducation était simple : il était là pour nous dresser. J'ai donc passé mon enfance avec de terribles maux de ventre, sans pouvoir parler de ce thème religieux qui me tiraillait. Comment lui faire admettre qu'il s'était fourvoyé en naissant protestant ?*

*Par la suite, j'ai compris que mon père à cette époque-là n'avait pas vraiment de préoccupations religieuses. Il n'était ni pour ni contre Dieu. Il se considérait plutôt agnostique, c'est-à-dire sceptique en matière de métaphysique et de religion. Néanmoins, il essayait de se dépatouiller avec les arrière-goûts de sentiments de culpabilité hérités d'une éducation calviniste très stricte. C'est clair qu'en Colombie, je n'avais absolument pas conscience de tout ça. Je me souviens seulement qu'il ne faisait pas d'histoires lorsqu'il devait nous accompagner avec maman à un office religieux catholique. Il était aux côtés de son épouse très élégante et de ses cinq enfants habillés pour l'occasion. Enfants, qui comme moi à ce moment-là, l'aimaient et l'admiraient.*

*C'est donc à Valledupar, terre de mafieux et de contrebandiers qui réglaient leur compte en s'égorgeant, que mon père, Paul, et ma mère, Antoinette, choisirent, dès 1964, de nous inscrire, nous les filles à la Sagrada Familia, une école primaire qui, moyennant paiement, se préoccupait peu du pédigrée de ses brebis mais exigeait le port impeccable d'un uniforme en laine, pied-de-poule beige et marron foncé, très british. Sous quarante degrés à l'ombre, au moins trois cents jours par an, on devait toutes porter en plus de cet uniforme qui cachait nos genoux, une combinaison en nylon qui nous collait à la peau, un béret, lui aussi en laine, des chaussettes et une chemise blanche que nous trempions systématiquement de transpiration dès l'aube.*

*Tous les matins, avant de chanter l'hymne national et de hisser le drapeau, nous nous mettions en rang. Les religieuses passaient en revue leurs troupes. Une jupe chasuble trop courte, valait non seulement des remontrances mais aussi de voir son ourlet violemment défait devant les autres et d'aller au piquet, comme si on avait fait exprès de grandir trop vite. Ensuite en classe, chaque professeure vérifiait que ses ouailles portassent bien la combinaison sous son habit. Il n'était évidemment pas question d'être nue sous l'uniforme en laine. Celle qui avait oublié de se vêtir décemment était exposée devant toute la classe la jupe relevée : elle devait montrer sa culotte à ses camarades et devenir la risée de celles qui, pour une fois, l'avaient échappé belle.*

Ces religieuses, des Capucines rigides et pernicieuses, écoutaient et chantaient la messe en latin. On n'y comprenait rien et c'était long à n'en plus finir. Cependant, je me souviens avoir voulu rentrer dans les ordres à une très courte période de mon enfance. Le bourrage de crâne ayant fait son effet.

Dans cette école, nous avions aussi un uniforme pour la gymnastique et après le cours d'éducation physique, on nous obligeait à nous doucher sous la surveillance d'une religieuse qui nous interdisait de le faire toutes nues. Le petit Jésus ne devait pas voir nos indécences. C'est ainsi que ces femmes nous apprirent à nous caresser tout en nous savonnant sur la combinaison en nylon qui nous servait de deuxième peau. Je n'ai jamais su si elles le faisaient exprès, ou si par la suite elles se flagellaient pour avoir eu des sensations interdites. Moi en tout cas, j'adorais ces douches qui ne ressemblaient pas à celles que je prenais toute nue chez moi.

En arrivant en France, chez ma grand-mère Juliette, il n'y eut plus de douche. Seulement des bains une fois par semaine. Il n'y eut pas non plus des messes en latin, ni de problème avec le protestantisme de mon père. Si bien que je m'aperçus très vite que l'enseignement reçu en Colombie était ridicule. Bien qu'à Tarascon on m'inscrivit dans une école privée, personne ne s'inquiétait du sort posthume de mon père ni du purgatoire qui m'attendait parce que j'avais raté l'office. En revanche, ce que nous remarquâmes très vite avec ma sœur Hélène, c'est que l'abbé, qui nous faisait le catéchisme, aimait bien prendre les enfants sur ses genoux et caresser leurs jambes nues.

Ma sœur, qui était très méfiante, m'apprit à m'éloigner de l'homme en soutane afin de ne pas tenter ce diable que nous détestâmes très rapidement. Mais cela ne nous empêcha pas de faire notre première et deuxième communion ainsi que notre confirmation. Moi, de plus, même si mon esprit critique grandissait avec l'âge, j'aimais écouter ma grand-mère Juliette parler de son ancêtre Guillaume, martyr au Japon. Cette histoire m'amusait même si elle semblait alimenter une église qui n'avait pas fait sienne la Théologie de la Libération.

*Théologie que je connus jeune adulte tout d'abord au Mexique et ensuite au Chili.*

*Engagée dans toutes les luttes de gauche après 68, mon divorce avec l'Église se fit cependant patent dès mon adolescence. Ma colère contre tous ceux qui m'avaient trompée en matière de religion me rendit athée. Il fallut que je rencontre de prêtres-ouvriers comme André Jarlan et Pierre Dubois et des croyants engagés auprès des plus démunis, pour que j'accepte, de dialoguer avec les croyants mais pas avec n'importe lesquels, seulement avec ceux qui consacrent leur vie à défendre les Droits de l'Homme et à exiger qu'on leur dise ¿ Dónde están ? Où sont-ils ? Où sont passés les corps de nos enfants ou maris et femmes détenus disparus torturés ?*

# Ce n'est pas la lutte finale

Fin 85, les opposants à la dictature se mobilisent à nouveau. Une concentration de plus de cinq cent mille personnes a lieu dans le Parc *O'Higgins*, où tout le monde saute et crie *Y va a caer* ! *Et il va tomber* ! On annonce que 86 sera l'année décisive, l'année de la Victoire.

Les partis politiques demeurent néanmoins interdits. L'Église catholique essaie de négocier un retour à la démocratie sans la gauche. Il y a des réunions secrètes, des conciliabules et puis on constitue l'Assemblée de la civilité qui donne de l'espoir : c'est une entité capable d'adopter un document consensuel et de mobiliser massivement la population en dehors des partis. Rien de tel n'avait eu lieu depuis la prise de pouvoir par la junte il y avait maintenant treize ans.

Dans Santiago, Anna se déplace en métro ou en *micro* pour assister aux conférences de presse ou faire des reportages. Elle interviewe des gens de la rue pour son ami Pedro. Elle rencontre des écrivains, musiciens et acteurs qui se sentent isolés et bâillonnés. Ceux qui ne sont pas sortis du Chili ont l'impression de vivre un exil intérieur qui les remplit de frustration et d'amertume. Ils pensent que ceux qui sont sortis ont eu la chance de connaître un ailleurs plein d'opportunités. Ils les jalousent et ne sont pas tendres avec les *Retornados*, ceux qui sont revenus.

Zabrina l'invite à voir des films interdits, en VHS, qui viennent de l'autre côté de la cordillère. Bien qu'il y ait eu depuis peu une levée partielle de la censure sur les livres, elle lui passe des ouvrages qui ne circulent que sous le manteau. Il s'agit d'enquêtes journalistiques sur les exactions du régime.

Au début, elle n'ose pas lire ouvertement ces reportages en public. Comme la plupart des opposants, elle se méfie des gens qu'elle ne connaît pas. Los *sapos*, les crapauds, comme on appelle les indics, se mêlent à la foule et il suffit de pas grand-chose pour se retrouver sous les verrous. Avec le temps, la peur s'estompera et elle finira par afficher ouvertement la couverture de ces livres publiés à petit tirage puis photocopiés et distribués parfois gratuitement par des gens qui tiennent à ce qu'une majorité ait accès à l'information.

Patricia Verdugo, la journaliste démocrate-chrétienne rencontrée à l'aéroport par le couple le jour de son arrivée à Santiago, est la première à publier ce que le régime tient à cacher. Avec *Detenidos desaparecidos, una herida abierta*, Détenus-disparus, une blessure ouverte, cette fille d'un syndicaliste modéré assassiné au lendemain du *Golpe*, publie, avec l'aide de l'église, l'histoire des détenus disparus. C'est la première fois qu'on entend parler au Chili de ces hommes et femmes séquestrés depuis des années et dont on ne connaît pas le sort. On ne croit pas encore à leur mort. On exige seulement que les militaires disent où ils sont.

— On croyait à ce moment-là qu'ils étaient encore vivants et qu'on pouvait les sauver, dira-t-elle à Anna.

Son deuxième livre portera sur le prêtre français André Jarlan, tué à *La Victoria*. Et ensuite, elle ne s'arrêtera plus. Dans son best-seller *Los zarpazos del puma* (1988), elle retracera l'itinéraire de ce qu'on appela « la caravane de la mort » qui, au lendemain du 11, a commandité le massacre dans le nord du pays de soixante-douze prisonniers politiques qui s'étaient rendus volontairement aux autorités militaires et attendaient d'être jugés et relâchés.

En 84, une autre Patricia, Patricia Politzer, écrit *Miedo en Chile*. Un bouquin dans lequel elle publie le témoignage de quatorze Chiliens d'horizons sociaux et politiques très différents. À travers leurs témoignages, il ressort un facteur commun : la peur. Qu'ils soient en faveur de la dictature ou contre elle, hommes ou femmes politiques ou simples citoyens, civils ou militaires, tous sont effrayés car, au-delà de la répression brutale, le régime insuffle à tous les Chiliens ce sentiment qui les castre et qui pernicieusement les paralyse.

Anna admire ces femmes et leur courage. Elle les interviewe. Patricia Verdugo, une petite brune au regard vif lui précise :

— Je ne suis pas une écrivaine ni une historienne. Je fais simplement mon travail de journaliste, de communicatrice et je ne peux pas résumer mes enquêtes en quelques feuillets. Le livre me permet d'aller jusqu'au fond des choses et ça m'est égal que les gens se l'approprient en l'achetant ou en le photocopiant. L'important c'est que l'info circule.

Des années plus tard, de retour en France, Anna fera un travail de recherche sur ces livres-témoignages et la reconstruction de la mémoire par les femmes journalistes sous ces années d'oppression.

Alors que sa fille n'a pas six mois et qu'elle l'allaite encore, la petite fille de Juliette essaie à nouveau de quitter Santiago qu'elle aime si peu. Elle n'arrive pas à trouver de charme à ces rues dénuées de passé. Il est vrai que les fréquents tremblements de terre détruisent ce que l'homme ne prend pas la peine de conserver. Le manque de moyen ne permet plus aux familles modestes d'entretenir leur maison et l'État ne se sent pas concerné par la décrépitude du bien commun : les rues ne sont pas entretenues, les musées sont fermés et les bâtiments publics fissurés.

Si bien qu'Anna décide avec son amie Montse d'aller à Coquimbo, un port qui connut, avant l'exploitation du salpêtre, son heure de gloire. Elles prennent le bus, car elles n'ont pas de voiture. Rayen, sa *guagua*, son bébé, les accompagne. Elles vont dans cette région du *Norte Chico*, qui se trouve à cinq cents kilomètres de Santiago et annonce le début du désert d'Atacama.

À quelques kilomètres de Coquimbo se prélasse La Serena, une ville harmonieuse, construite à l'image des villes coloniales par un ex-dictateur à la recherche de racines hispaniques. Anna s'y sent bien.

Son architecture lui plaît. Les maisons blanches, avec leur soubassement peint en rouge et leurs tuiles romaines, lui rappellent Mexico et ses quartiers coloniaux avec ses petites églises peintes à la chaux et ses marchés exubérants.

De *La Serena* on se faufile dans la Vallée *del Elqui*, rendue célèbre par son *pisco*, son eau de vie, que consomment sans modération les Chiliens et que les Françaises apprennent à déguster. Elles voient de part et d'autre de la route des champs de papayers et d'avocatiers dont le feuillage vert vif et brillant, à revers vert pâle, contraste avec l'aridité de la cordillère. En pénétrant dans celle-ci, elles font la connaissance de personnages ésotériques venus se réfugier dans le coin pour échapper à l'Apocalypse et attendre la soucoupe volante des extra-terrestres qui viendra les sauver.

À Coquimbo, elles s'entretiennent avec des pêcheurs. Rayen dans les bras, Anna parle aux artisans de la mer qui n'ont jamais appris à nager. Ils vivent dans leur monde, loin des manifestations des grandes villes, mais préoccupés par la surexploitation de l'océan. Des chalutiers japonais, navires-usines, raclent les fonds et détruisent leur gagne-pain. Les manchots, qui remontent de l'Antarctique vers le nord, en suivant le courant de Humboldt, sont massacrés.

Montse prend des photos pendant qu'Anna sur une barque tend son petit magnétophone aux pêcheurs. Rayen, joyeuse, n'a pas le mal de mer.

Le lendemain, elles montent dans un bus qui s'engage sur une piste et serpente les contreforts de la Cordillère. Elles vont à Andacollo, une ville minière plus ou moins abandonnée qui est située à mille mètres d'altitude et à moins d'une heure du port. La ville, qui a hérité d'un nom quechua qui signifie « reine du cuivre ou de l'or » est endormie. Elles arrivent après la fête votive qui a lieu deux fois l'an en honneur à la Vierge d'Andacollo ou *Chinita*, indienne en quechua. C'est en octobre et à Noël qu'avec leurs habits multicolores et leurs danses traditionnelles d'origine indigène les Chiliens la font sortir de sa torpeur.

L'Église est fermée, les rues sont désertes. Les filles s'éloignent donc du centre et aperçoivent des *pirquineros*, des orpailleurs à leur compte qui exploitent de petits gisements aurifères peu rentables oubliés par les Espagnols. L'extraction n'est pas illégale. Mais chacun doit se débrouiller avec ce qu'il trouve ou ne trouve pas. Personne ne bénéficie de prestations sociales ni n'a droit à la santé. De toute façon au Chili, celui qui ne travaille pas ne mange pas.

Ces *pirquineros*, au teint cuivré, utilisent tous du mercure pour séparer l'or du minerai. Ils travaillent sans gants, sans casque ni chaussures de protection. Ils n'ont pas conscience du danger ni des conséquences de l'emploi d'un tel métal liquide. Ils racontent leurs histoires. Ils rêvent tous de trouver la pépite qui les fera sortir de la misère et en même temps ils disent que la trouver ne leur portera pas bonheur.

— On ne peut pas s'enrichir avec l'or. Tous ceux qui ont trouvé la grosse pépite ont connu d'abord la gloire et ensuite la déchéance. L'or est maléfique, il faut s'en méfier comme du diable, leur explique Anselmo qui exploite à main nue, sous un soleil de plomb et depuis des décennies cet endroit semi-désertique où coule néanmoins une rivière qui a su rendre riches les Espagnols.

Anselmo et les siens essaient seulement de découvrir, dans les miettes laissées par les vassaux des rois de la mère patrie, l'Espagne, de quoi ne pas mourir de faim.


*Santiago, 15 décembre 1985*

*Nadine, ma copine, comment vas-tu ? Merci pour les livres. Ils sont enfin arrivés ! Je pensais qu'ils s'étaient perdus mais non, ils sont arrivés intacts et sans le seau de la censure ! Ça va me faire tellement de bien de lire en français. J'ai l'impression de ne plus savoir l'écrire et de le parler si mal. Je ne le parle qu'avec Montse, mon amie catalane. Mais en même temps, on ne fait pas beaucoup d'effort toutes les deux. Heureusement qu'elle est là car Santiago est vraiment une ville étouffante et pas très drôle. On se plaignait du smog de Mexico,*

114

*mais ici les hivers ne sont pas mieux. On a du mal à respirer et puis l'atmosphère n'est pas très réjouissante, comme tu peux bien t'en douter. Manuel a eu des bronchites asthmatiformes. Il a fallu qu'on le retire de la crèche parce qu'il est sans arrêt malade. Alors, on a trouvé une nouvelle nounou. Mais c'est, comme tu le sais, le quotidien normal des parents avec enfants. Seulement avec la dictature, rien n'est facile. Je me demande parfois si j'ai fait le bon choix en venant m'enfermer dans ce pays qui me rend par moment claustrophobe. On est tellement loin de tout. Tellement isolés avec cette cordillère qui nous écrase et nous empêche de voir plus loin que notre bout du nez. J'ai l'impression par moment de tourner le dos au monde et de tourner en rond. Depuis la levée de l'état de siège et du couvre-feu, j'ai moins de bouffées d'angoisse. Mais la situation est compliquée. Fort heureusement avec Mario on est arrivé à construire une vraie petite famille. On est toujours amoureux et c'est un excellent père. Je l'aime et il arrive à me faire rire. Et oui, il a appris à parler ! Toi qui l'as connu si discret, tu n'en croirais pas tes oreilles si tu le voyais. Ici au Chili, il est malgré tout chez lui, même si el Retorno, le retour, n'est pas facile pour ceux qui ont vécu l'exil.*

*Et toi comment vas-tu ? Te sens-tu bien à Paris ? Raconte-moi. Ça me fait tellement de bien de recevoir tes lettres. Tu me dis vouloir en savoir plus sur Santiago. Mais que veux-tu que je te dise si ce n'est que c'est une ville qui a peu de charme ? Les tremblements de terre à répétition détruisent ce que les hommes ont construit. Nous vivons dans le quartier historique, mais après le séisme de mars dernier beaucoup de maisons se sont écroulées et les vieux bâtiments sont devenus une menace pour les piétons qui doivent les contourner afin de ne pas se prendre des tuiles ou des pans de murs sur la tronche. Avec la poussette, c'est horrible de circuler en ville. Les trottoirs, quand il y en a, sont défoncés puis ces salauds de militaires n'en ont rien à foutre du bien public. La seule chose qui les intéresse c'est faire du fric en vendant le pays au plus offrant.*

*La nuit, la ville se remplit de cafards. Comme on n'habite pas loin d'une boulangerie, les rats ont aussi envahi le quartier. L'autre jour,* le voisin, à deux heures du matin, s'est battu contre un immense rat noir qui courait le long des murs de son salon, mitoyen au nôtre. Il travaille dans un ministère, alors il a voulu faire marcher ses contacts et a appelé la municipalité. On lui a dit que les services d'hygiènes n'intervenaient plus pour résoudre ce genre de problème. Ils l'ont renvoyé sur une boîte privée. À ses frais, il a installé un système d'ultra-sons qui fait fuir soi-disant les rongeurs. Mais tu comprends bien que ça ne sert pas à grand-chose dans la mesure où les autres voisins ne peuvent pas, pour des raisons d'argent, en faire autant.

Enfin, bon, voilà. Cette ville est parfois encore plus chaotique que Mexico. Moins grande mais pour moi plus dure. Il est vrai qu'à Mexico nous étions des privilégiés et ici on tire le diable par la queue comme la plupart de nos amis.

Mario a repris son boulot mais ça ne se passe pas très bien. Ils ont changé le directeur de la revue et les choses ne sont pas simples. Enfin, espérons que les temps meilleurs arriveront plus tôt que prévu.

Je me relis et j'ai la sensation que je ne te parle que de mes déboires. Je ne voudrais pas que tu penses que je suis malheureuse. J'arrive – malgré tout – à faire des choses. Le mois dernier, par exemple, avec Montse on s'est échappé de Santiago pendant quelques jours. On est parties, avec Rayen dans le nord, aux portes du désert. Ça m'a rappelé notre virée au nord du Mexique. Te souviens-tu de Real Catorce, là où dit-on Pancho Villa a caché son trésor que certains cherchent encore ? On est allé à Coquimbo et on a visité El Valle del Elqui, une région considérée comme la plus énergisante au monde. Il ne s'agit pas pourtant d'une région de peyotl, ici on ne parle pas de cactus hallucinogènes, mais de soucoupe volante. On a rencontré des gens perchés qui croient aux extra-terrestres et veulent échapper à leur triste réalité. Chacun s'échappe à sa manière, me diras-tu.

On a pris le bus. On a voyagé de nuit et comme, en s'approchant du désert, l'air devient de plus en plus pur, on a voyagé sous un merveilleux ciel étoilé. C'était fantastique. Dans l'hémisphère sud, on *ne voit pas l'étoile Polaire mais on voit en revanche la Croix du Sud qui est principalement formée de quatre étoiles qui brillent comme si elles nous guidaient dans un labyrinthe de constellations. C'était trop beau ! Avec Montse on s'est dit qu'il fallait qu'on apprenne à sortir plus souvent de Santiago, de cette métropole qui nous maltraite. Ce fut une véritable bouffée d'oxygène !*

*Voilà, Nadine. Il faut que je te quitte. J'entends Rayen pleurer. Son père n'est pas rentré encore du travail. J'espère qu'il ne lui est rien arrivé.*

*Je t'embrasse et appelle moi dès que tu trouves une cabine téléphonique qui n'avale pas les pièces. Je sais, parfois il y a une longue file d'attente devant les cabines gratuites. Dès qu'il y en a une, tous les exilés à Paris se refilent l'info.*

*Encore mille mercis pour les livres et ne m'oublie pas. Moi, je pense tendrement à toi.*

*Ta copine de toujours, Anna*

La rentrée, en mars, s'annonce chaude une fois encore. L'Assemblée de la civilité, qui réunit trois cents organisations sociales, depuis les transporteurs (qui ont paralysé le pays du temps de l'Unité populaire et participé au coup d'État) jusqu'aux ouvriers, mineurs et étudiants, fait appel à une grève générale pour le 2 et 3 juillet. Une fois de plus, on pense que Pinochet n'en a plus pour longtemps. Anna obtient la correspondance du journal argentin *Pagina 12*. Le rédacteur en chef est un ami du Mexique, un ancien exilé qui est rentré voici quelques années chez lui.

On annonce que l'automne sera combatif ou ne sera pas. En réponse : la répression s'abat sur les secteurs populaires. Le régime lance une gigantesque opération dans plus de trente quartiers de la capitale. Le visage peint en noir et fortement armés, les militaires perquisitionnent et détiennent dans les *poblaciones* les hommes âgés entre quinze et soixante-cinq. Quatre-vingt-dix mille d'entre eux seront rassemblés sur un terrain de foot et quinze mille autres emmenés au poste de police.

Cependant plus rien ne semble pouvoir empêcher la grève générale. Les 2 et 3 juillet paralysent le pays : les magasins sont fermés, les *micros* ne circulent plus depuis la veille ; en fin d'après-midi, seuls patrouillent les rues : des camions bâchés, des blindés, des véhicules antiémeutes, des bus des carabiniers, des voitures aux vitres fumées et sans plaque d'immatriculation, des civils cachés derrière des lunettes noires et des hommes en uniforme, casqués et armés.

Le régime interdit aux quatre principales radios nationales d'émettre le moindre bulletin d'information. Elles ont été censurées pour avoir annoncé le 1er au soir que le métro fonctionnait et avoir suggéré aux personnes ayant des problèmes de transport de se rabattre sur celui-ci. Le Commandement de la Garnison de Santiago considère que cette annonce *ne fait rien d'autre qu'inciter les extrémistes à mener une action terroriste dans le métro qui coûterait la vie à de nombreuses personnes*. À la place, les radios prorégime proclament l'échec de la grève. Selon elles, l'activité commerciale est tout à fait normale.

Anna et Montse sont sur le terrain depuis la veille. Elles ont choisi de passer la nuit dans une *población*, *La Legua*. Un quartier ouvrier dans lequel une fois de plus les maisons en bois ou en parpaing se sont agrandies en même temps que la famille.

Là-bas, le soir, on les invite à prendre *la once*, un goûter qui fait office de dîner. Elles ont droit à du pain, de la *marraqueta*, avec de la margarine et du thé noir. Aujourd'hui, il n'y a pas de *palta*, d'avocat qu'on écrase sur le pain et que l'on mange quand on peut avec de la mortadelle, une charcuterie industrielle qui est deux fois moins chère que le jambon.

Elles apprennent que les gens cuisinent à l'électricité car ils n'ont pas de quoi acheter une bombonne de gaz. L'électricité, ils l'obtiennent gratuitement, au risque de leur vie, en se raccordant sauvagement aux câbles de haute tension. Certains s'électrocutent.

Les amies ne fermeront pas l'œil de la nuit. Des bombes plongent Santiago dans le noir. Des tirs fusent et rien ne les protège. Elles entendent les soldats descendre des camions en criant :

— Ici, on vient tuer. Voyons voir si maintenant toutes ces poules mouillées osent sortir !

Il fait froid, les femmes avec leurs enfants dans les bras et des chaussettes en laine couvrant leurs jambes nues, sont en colère :

— Ils nous traitent de poules mouillées, mais c'est eux les lâches, c'est eux qui tirent sur des gens qui ont faim et qui n'ont que des cailloux pour se défendre.

Elles prétendent qu'on drogue les militaires avant de les envoyer réprimer les *protestas*. Parmi elles, Rosa, 56 ans, sept enfants. L'un d'entre eux vient de mourir de leucémie. Elle n'avait pas les moyens de le soigner. Du temps de l'Unité Populaire, elle travaillait dans l'industrie textile. Depuis le putsch, elle est sans emploi et sans indemnisation. De toute façon, l'industrie textile a disparu comme bien d'autres industries. Mais elle continue à militer.

— Une grève générale ça se prépare, ça s'organise. On y a travaillé pendant des mois et on a décidé de la convoquer lorsqu'on a senti que les différents secteurs étaient prêts. Ça n'a pas été facile, beaucoup avaient peur de perdre leur seule source de revenus, même si elle ne leur permet que de survivre misérablement.

Ernesto, 19 ans, comme sept autres jeunes de Santiago, sera abattu cette nuit-là à *La Legua*. Les gens le veilleront dans la chapelle San Caetano car ici, *les enfants de mes voisins sont mes enfants*.


De retour chez elles, les amies apprennent qu'un garçon et une fille, de 19 et 18 ans, ont été brûlés vifs. Il s'agit de Rodrigo Rojas, fils d'exilé à la nationalité chilienne et étasunienne qui a décidé de revenir au pays, qu'il a quitté enfant, pour photographier les *protestas*. À ses côtés, Carmen Gloria Quintana qui participe dans son quartier, avec des amis, au mouvement contestataire. Ils ne se connaissent pas. Carmen avec sa sœur et ses voisins veulent monter une barricade en brûlant quelques pneus sur l'Avenue *Général Velasquez,* frontière entre les quartiers populaires du centre-ville et une zone de petites fabriques et de logements précaires. Pour cela, ils ont rempli un bidon de deux-trois litres d'essence.

Ils sont insouciants, joyeux et contents de participer une fois de plus à une *protesta.* Mais avant même qu'ils aient pu allumer le feu, une camionnette pleine de militaires armés pointe son nez. Les jeunes se dispersent en courant. Ils sont pris en chasse. Rodrigo, qui connaît mal les lieux essaie de courir tout en prenant des photos. Carmen se trompe de rue et se retrouve avec lui dans un cul-de-sac. Rattrapés par des hommes en colère, ils sont frappés puis, à coups de crosse, on les fait avancer. On les fouille, ils n'ont ni armes ni tracts. Un véhicule militaire arrive en renfort. Ses occupants viennent de découvrir les pneus et le bidon d'essence. Les jeunes sont roués de coups. Rodrigo s'effondre sur le sol. Un militaire furieux s'empare alors du bidon d'essence et asperge les deux manifestants du combustible. Obéissant à l'ordre de son chef, un soldat leur lance un cocktail Molotov qui les transforme en torches humaines.

Cachés derrière des palissades, leurs amis assistent, impuissants, à l'horreur. Carmen et Rodrigo hurlent, se débattent, se roulent par terre pour essayer de calmer leur souffrance. On les roue de coups, on les enveloppe dans des couvertures, on les jette dans la camionnette, qui démarre en trombe, on les relâche moribonds en pleine nature, sur le chemin de l'aéroport.

Marchant comme des zombies, la peau en lambeaux, ils sont retrouvés par des ouvriers de la construction qui alertent les secours. Ils sont conduits à l'hôpital. Carmen implore qu'on la tue. Elle a soixante-deux pour cent du corps brûlé, Rodrigo, soixante-cinq. Ils ont besoin de transfusions. L'hôpital public refuse d'ouvrir sa banque de sang. La mère de Rodrigo, qui vit aux États-Unis et travaille pour Amnistie Internationale, lance un appel à l'aide. Les radios indépendantes parlent des *Quemados,* des brûlés. Des centaines de personnes se déplacent pour donner leur sang. Le soir même, l'armée déclare qu'elle n'a rien à voir avec cette affaire.

Les mensonges s'enchaînent. Les militaires nient puis finissent par reconnaître qu'une patrouille du dixième Régiment de cavalerie blindée a détenu les jeunes *dans le cadre de leur mission de faire respecter l'ordre public*. Mais selon eux, ils n'ont rien à voir avec leurs brûlures. Il s'agit d'un accident. La jeune fille a renversé une bouteille de produit inflammable qui a mis le feu à ses vêtements, puis à ceux de son compagnon d'infortune.

Trois jours plus tard, Rodrigo décède, de ses blessures. Carmen est entre la vie et la mort. Le Canada lui offre protection et soins. Dans ce pays du nord, elle subira de longs et douloureux traitements et quarante opérations, ce qui ne l'empêchera pas de rester défigurée à vie.


L'horreur fait couler des larmes. L'impuissance face à l'impunité embrase des jeunes qui veulent en découdre avec cette dictature et sa cruauté. Depuis 1983, le *Frente Patriotico Manuel Rodriguez* revendique des sabotages et des actions armées. Ses membres, formés militairement à Cuba et en RDA, l'Allemagne de l'Est, attaquent des casernes, des militaires ou des carabiniers.

Juste après l'affaire des *Quemados*, le régime parle de guerre irrégulière, d'armes trouvées dans le nord et d'arsenal clandestin. Trois mille cent quinze fusils M16, cent quatorze bazookas RPG-7 d'origine soviétique ainsi que cent soixante-sept autres d'origine étasunienne et plus de deux mille cartouches de différents calibres ont été découverts. Ils auraient été débarqués à Carrizal, à sept cents kilomètres au nord de la capitale et viendraient de Cuba.

Des arrestations s'ensuivent, la CNI s'en donne à cœur joie. Anna ne sait pas au début si c'est de l'intox ou bien si ces armes appartiennent bien au *Front Patriotique Manuel Rodriguez*, qui apparaît comme le bras armé du Parti Communiste Chilien. Difficile de faire la part des choses au milieu de tant de mensonges et de manipulations. Mais les investigations des journalistes indépendants confirment la version officielle.

Pedro est très préoccupé. Son fils aîné, arrivé à Cuba en pleine adolescence, a suivi une carrière militaire et fait partie des *rodriguistes*. L'homme de radio se demande s'il est rentré clandestinement au Chili ou s'il est encore en train de se battre en Amérique Centrale, avec les guérilleros qui défient les dictatures soutenues par le Département d'État nord-américain.

— Aux dernières nouvelles, j'ai su qu'il avait été blessé à El Salvador.

Il n'approuve pas ces méthodes de luttes armées. Dans ses moments d'angoisse, il allume cigarette sur cigarette et se confie à Anna qui essaie de le rassurer. Mais les mots n'ont plus de sens. Il pleure sur son épaule. Elle le console. Il est en colère. Il boit trop.

# Mario

Enfants, c'est avec les cousins de mon père qu'en février, pour fuir la chaleur de Santiago, nous partions tous *en patota* à la plage. Enfin, pas tous, car les pères de famille faisaient des heures supplémentaires à l'usine pour que leurs femmes et enfants puissent profiter du bon air de la Côte pacifique. Eux, restaient pour travailler et nous, nous partions avec nos mères en expédition à Cartagena, une plage qui demeure encore aujourd'hui une des plus populaires du Chili.

Le jour du départ, il fallait se lever très tôt car le train se remplissait vite. Nous envahissions un wagon dès six heures du matin. Mais plusieurs jours à l'avance, nous réservions un *braque*, une charrette tirée par un cheval, afin de ne pas devoir porter jusqu'à la gare nos balluchons, nos casseroles et tous nos vivres pour tenir un mois sur le sable chaud.

À huit heures pile, la locomotive s'ébranlait, donnant le coup d'envoi d'un voyage festif qui commençait toujours avec grand appétit. C'était le moment de manger nos œufs durs préparés la veille et de sortir nos sandwichs à l'avocat, beurre des pauvres, et à la mortadelle, le jambon de ceux qui n'avaient pas les moyens de s'en payer du vrai.

Le voyage durait au moins quatre heures. Il fallait traverser la Cordillère de la côte et redescendre sur le littoral et, bien qu'il n'y ait eu que quatre-vingts kilomètres entre Santiago et la mer, l'expédition s'annonçait toujours périlleuse car le train s'essoufflait souvent en montée et enfumait les eucalyptus sur son passage. Il fallait d'ailleurs fermer les fenêtres si on ne voulait pas à l'arrivée ressembler à des ramoneurs. Le charbon, qui s'échappait de la combustion, teintait de noir nos peaux mates et sans doute nos poumons, mais ça nous le sûmes que bien plus tard.

Un dimanche dans le mois, mon père venait nous rejoindre à vélo. Il traversait la Cordillère de la côte et pédalait les quatre-vingts kilomètres pour voir sa progéniture profiter de l'air marin et du courant froid qui baigne cette côte du Pacifique. Nous étions heureux lorsqu'il débarquait après plus de quatre heures de voyage car contrairement à ma mère, c'était quelqu'un de jovial qui savait faire rire et se faire aimer.

Avec La Chabela, les choses étaient plus compliquées. D'ailleurs, enfants, nous ne la tutoyions pas. Nous devions la respecter et être à ses ordres. Nous devions, les plus grands, lui obéir sans quoi elle avait des crises qui la faisaient s'évanouir.

Dès la descente du train, nous étions obligés de monter la tente : une immense toile militaire, cousue par ma grand-mère Maria, la couturière, qui tenait avec des piquets en fer fabriqués par mon père. Ensuite, il fallait aller chercher de la paille pour remplir nos paillasses et du bois pour allumer le feu qui permettait à ma mère de cuisiner. Le soir, une fois que les vacanciers s'étaient retirés chez eux, nous arpentions la plage pour récupérer les oublis des autres. C'est ainsi que nous récupérions parfois un melon ou une pastèque abandonnée par les têtes en l'air ou encore des pelles et des seaux laissés par des enfants distraits.

Le matin, il n'était pas question d'aller se baigner sans avoir fait la vaisselle du petit déjeuner et sans s'être occupés des plus petits. Ensuite, c'était la pêche aux coquillages, aux oursins enfouis sous les rochers. On coupait aussi du *cochayuyo,* une algue entre ambre foncé et brun, pleine d'iode et qu'on donne à mordre aux *guaguas,* aux bébés, lorsqu'ils font leurs premières dents. Mais une algue qu'on mange aussi en *charquicán,* en ragoût avec des légumes frais car même au bord de la mer, on n'avait pas les moyens d'acheter du poisson. Comme il était trop cher, nous avions décrété que nous ne l'aimions pas. Cependant, nous aimions, en milieu de matinée, aller voir le retour des barques multicolores des pêcheurs. Elles étaient toujours pleines de congres, de merlus et de merlans. J'aimais aussi, avec ma petite sœur, regarder comment, dans l'après-midi, ces hommes de la mer réparaient leurs filets en chantant ou en racontant des histoires parsemées de vagues, de tempêtes et de craintes.

Le soir, on sortait. Il y avait une fête foraine et même si les manèges n'étaient pas pour nous, on pouvait se promener et, si on avait été sages, manger des churros bien gras et saupoudrés de sucre.

Les dimanches, le repas était plus festif que les autres jours de la semaine : on avait droit à un verre de coca chacun et à deux œufs sur une *vienesa*, une fausse saucisse de Strasbourg, avec de la purée de pomme de terre maison, évidemment.

Fin février, on disait au revoir à Cartagena qui, au fil des années, devint témoin de nos premières amours clandestines et de nos inquiétudes d'adolescents. Moi, ayant hérité de la peau mapuche de ma mère, je rentrais toujours à Santiago couleur *cochayuyo,* une couleur qui n'était pas toujours appréciée en dehors de nos quartiers. Mais dans ma famille, on m'appelait *negrito* avec beaucoup d'affection car j'étais le plus foncé de tous.

C'est ainsi que je grandis dans ce Chili qui, pour moi, se limitait à Santiago et Cartagena. Mais un Santiago qui était encore à échelle humaine, où les enfants s'amusaient dans les rues en rêvant de devenir footballeurs ou boxeurs. Comme la télé n'existait pas encore, le dimanche, si nous avions été sages et si nous étions allés à la messe – ou fait semblant d'y aller – La Chabela nous autorisait le cinéma. Le plus populaire c'était le *Cine Colon* qui était très près de chez nous, dans le *barrio Yungay* et qui, dès 14 h, ouvrait ses portes en continu. Petits, ma mère nous accompagnait car elle adorait le septième art. La séance se prolongeant jusqu'au soir, elle prenait avec elle notre goûter : du pain avec un morceau de pâte de coing faite maison.

Le cinéma présentait trois films d'affilée. En général, il y avait toujours un film espagnol avec *Joselito*, le rossignol franquiste connu comme l'enfant à la voix d'or, ou avec *Sarita Montiel*. Ensuite, sans coupure, on enchaînait avec un western hollywoodien dans lequel les

Indiens étaient toujours les méchants puis on finissait avec un film mexicain où les *mariachis*, les histoires d'amour et des coups de feu crevaient le grand écran. Quand on rentrait à la maison, *el cité* nous accueillait dans le noir.

En dehors de cette distraction, qui fit de moi ensuite un véritable cinéphile, j'aimais bricoler avec des planches, un marteau et des clous. Pour aider madame Inès, ma grand-mère, j'avais d'ailleurs construit dès l'âge de sept ans une petite carriole qui me permettait d'aller lui faire les courses et de promener mon petit frère Seba. Si bien que ma mère, qui s'est toujours préoccupée de nos études, décida que je serais menuisier et m'inscrivit, sans trop me demander mon avis, dans un lycée professionnel où le temps n'en finissait pas de passer. Je redoublai à deux reprises et ne finis jamais le stage qui m'aurait permis de décrocher un diplôme. C'était à la fin des années soixante, j'avais vingt ans et on voulait me faire fabriquer à la chaîne des meubles en formica. Moi, je sentais que j'avais besoin d'autre chose, mais je ne savais pas encore quoi. Toujours très timide et muet, j'avais du mal à mettre des mots sur mes sentiments et j'étais, il est vrai, assez désœuvré.

À ce moment-là, notre famille avait quitté *el cité* et vivait à *Lo Valledor*, un quartier populaire construit du côté des abattoirs et de *Cerrillos*, l'ancien aéroport, éloigné du centre-ville où les jeunes sans avenir se retrouvaient au coin de la rue pour tuer les heures creuses.

Nous vivions dans une petite maison en brique, que mes parents avaient obtenue grâce à un programme gouvernemental d'accès au logement pour les familles d'ouvriers. Il y avait seulement deux chambres à coucher. La petite, dans laquelle on ne pouvait mettre qu'un lit d'une place et un placard, était celle de ma sœur Maria. Dans la plus grande, nous nous entassions Pepe, Memo, Seba et moi. Quant à Nelson, le dernier, avec lequel j'avais quinze ans de différence, il dormait dans le salon avec mes parents.

Mais pour Bartolo et La Chabela, l'acquisition de cette demeure représenta une ascension sociale importante et permit à ma mère, pendant le reste de sa vie, de rêver d'avoir un jour une voiture garée devant sa porte d'entrée.   Rêve qu'elle ne réalisa jamais même si elle jouait au loto en espérant qu'il devienne réalité. En attendant la voiture, elle transforma les dix mètres carrés de terrain de devant la maison en un beau jardin fleuri. Contre le mauvais œil, elle planta la *ruda*, la rue des jardins, à l'odeur forte, aux feuilles un peu charnues et aux petites fleurs jaunes.

Mon père, quant à lui, installa de l'autre côté de la maison, sur l'autre bout de terrain deux fois plus grand, un potager et un atelier sous un appentis que nous construisîmes ensemble.

# Santiago

— On vous attend dimanche prochain pour l'anniversaire de Javiera !

La fille de Zabrina a déjà deux ans. Anna et Mario et leurs enfants ne peuvent rater ce rendez-vous. Zabrina habite du côté du stade National, dans un petit appartement qui réunit beaucoup de voisins et des membres de sa famille. Les enfants jouent, crient, pleurent même parfois, avec l'insouciance propre de leur âge. Javiera ouvre ses cadeaux avec enthousiasme. Son frère veut les lui prendre. Les adultes interviennent. Ils sont patients. Les grands-parents ont apporté le gâteau. Ils rient et prennent des photos. On chante *cumpleaños feliz, joyeux anniversaire,* et Javiera souffle ses deux bougies.

Anna arrive à s'isoler un moment avec son amie. Elles sont effrayées par ce qui vient d'arriver à Carmen Gloria et à Rodrigo. Soudain à 19 heures, lorsque certains invités sont déjà partis, débarque en courant un jeune de la cité :

— On a tué Pinochet.

— Comment ça, on l'a tué ?

— Ce fils de pute a été victime d'un attentat dans le *Cajón del Maipo,* alors qu'il revenait de son bunker.

Euphorie et crainte. Les questions fusent. On met la radio. Personne ne sait vraiment si le général est en vie. Mais il s'agirait vraisemblablement d'un attentat. On n'en connaît pas encore les commanditaires. On suppute : et s'il s'agissait d'un règlement de compte entre hommes au pouvoir ? Certains veulent l'éliminer. Non, c'est sans doute les *rodriguistes.*

Le couvre-feu est décrété. Tout le monde s'empresse de rentrer à la maison. Les *micros* ne passent qu'au compte-gouttes. Anna et Mario mettront plus de temps que prévu pour atteindre *Sotomayor*. Les enfants se sont endormis dans leurs bras, heureux d'avoir passé une bonne après-midi en compagnie de leurs *primos*, leurs cousins de cœur.

Une fois mis au lit sans dîner, leurs parents attendront le ventre noué plus d'infos. À la télé, le Commandant en chef prend la parole. Il est furieux et blessé. Un communiqué du FPMR confirmera plus tard que le Front est à l'origine de l'attentat.

Les détails de l'attentat viendront petit à petit former un puzzle auquel il manquera pendant longtemps certaines pièces. On saura dans les jours qui suivent que le dimanche 7 septembre 86, des résistants ont ouvert le feu avec des fusils mitrailleurs et des bazookas sur le convoi qui ramène Pinochet à Santiago. Le général passe le week-end dans son bunker du *Melocotón* qu'il s'est fait construire non loin de Santiago, à la campagne, sur les flancs de la Cordillère, dans le *Cajón del Maipo*, où coule la rivière Maipo et où fleurissent au printemps pommiers et pêchers.

Les membres du *FPMR* savent que les déplacements de Pinochet se font tous les dimanches soir à peu près à la même heure et à toute vitesse. Son convoi emprunte toujours la même route, qui contourne les villages et qui a été construite spécialement pour qu'il puisse se déplacer sans encombrement. Ils savent aussi que le dictateur a pour habitude de voyager dans une des deux Mercedes Benz blindées qui font partie du convoi.

Les *rodriguistes* qui participent au guet-apens, qui a lieu à 18 h 40, sont vingt-six. Placés en hauteur, ils attaquent les deux motards et les cinq voitures qui passent en contrebas, sur une côte où, pour des raisons géographiques, les ondes radio ne passent pas. Une des roquettes lancées frappe la portière de la voiture dans laquelle se trouvent le général et son petit-fils, sans exploser. Tirée de trop près, elle n'a pas le temps de s'amorcer. Trois autres en revanche atteignent de plein fouet leur cible. Le chauffeur du général a de bons réflexes. Il arrive à se dégager de l'embuscade en marche arrière et repart d'où il vient. Son escorte ouvre le feu mais ne blesse aucun des *rodriguistes*. En revanche, elle subit des pertes : cinq gardes du corps meurent au combat. Ils seront présentés comme de *nouveaux et valeureux martyrs de la Patrie qui cherche la consolidation de la Paix dans un état d'authentique démocratie.*

Les résistants rentrent à Santiago avec leurs voitures de location. Ils roulent à toute vitesse, montrant leurs armes de façon ostentatoire et franchissent tous les barrages. On les prend pour l'escorte du général. On pense qu'ils sont à la poursuite des agresseurs et on leur ouvre la route. Eux, ils jubilent. Ils croient que leur Opération, baptisée *Siglo XX*, XX$^e$ siècle, est un succès. Ils pensent avoir tué le dictateur.

Anna appelle Pedro. Elle sent que son ami est inquiet. Mais elle sait qu'il est sans doute sur écoutes. Leur conversation ne peut s'étendre. Il lui demande tout de même d'être prudente car il présume que les représailles vont être terribles. Il sait ce que peut être la vengeance des hommes du général.

La Loi du Talion est appliquée dès la nuit tombée : quatre opposants au régime sont séquestrés. Leurs portes défoncées, ils n'ont pas le temps de s'habiller. Devant leurs propres enfants, ils se débattent avant d'être violemment emmenés. Un cinquième, ayant pris des précautions, arrive in extremis à échapper à ses ravisseurs. Les quatre autres sont exécutés.

Lorsque l'info tombe en milieu de matinée, Anna est dans la cuisine avec ses enfants. Elle entend à la radio que José Carrasco, militant du MIR et éditeur international de la revue d'opposition *Analisis*, fait partie des victimes. Séquestré dans la nuit, devant sa compagne et son fils qui n'ont pas réussi à l'arracher à ses ravisseurs, il a été exécuté au petit matin devant l'enceinte du cimetière. Un cri lui déchire la gorge. Ses enfants la regardent, effrayés. Elle n'arrive pas à calmer ses pleurs et ne sait comment leur expliquer ce qui lui arrive.

En fin d'après-midi, avec Mario, elle se rend au siège de l'Association des journalistes où a lieu la veillée funèbre de

« Pepone », comme l'appellent les amis. Pedro est là. La situation est très compliquée. Il pense à nouveau à l'exil. Les journalistes d'opposition savent qu'un couperet peut leur tomber dessus à chaque instant.

Jorge vient se réfugier rue *Sotomayor* le temps que les choses se calment. La maison est grande, mais il faut faire attention, les voisins ne leur inspirent pas confiance. Les délations sont possibles. Ils ont déjà repéré une voiture qui les surveille, puis Mario a reçu des menaces par téléphone. Il ne bosse pourtant plus pour *Cauce*, il a été viré avec toute son équipe de la section graphique parce qu'il a refusé de travailler le 1ᵉʳ mai et a organisé à la place un match de foot entre collègues et amis.

La revue n'était plus celle de ses débuts. Elle avait depuis quelque temps mis de l'eau dans son vin. Le rédacteur en chef, trop insolent, avait été remplacé par un autre beaucoup moins incisif. Parmi ses propriétaires, d'ailleurs, se trouvait un juriste qui avait participé à l'élaboration de la Constitution de Pinochet et qui maintenant voulait se placer dans l'après-dictature. Puis, la modernité exigeait du renouveau : plus besoin de *pega letras*, de colleurs de lettres, les mises en page se feraient via l'ordinateur.

Mario ne négocie pas son départ. Il va au tribunal. Même si la grève est interdite, il exige que soit reconnu son licenciement abusif. Au bout de quelques années, il recevra une petite indemnité, mais aura surtout la satisfaction d'avoir tenu tête à ces latifundistes qui jouent aux démocrates. Alors en attendant de meilleurs jours, il fait des petits boulots. Son ami Guidu, lui a trouvé un travail dans l'entreprise qui réalise la BD emblématique chilienne *El Condorito* qui, contrairement à *Mafalda* de l'argentin Quino, s'abstient de tout humour à caractère politique. Aussi, pour vendre internationalement les histoires de ce petit condor du dessinateur Pepo, elle vient de signer un marché avec une maison d'édition des États-Unis et elle embauche des vacataires. Mario se retrouve à faire toute la journée les bulles dans lesquelles se logeront les textes en anglais.

— Ces gringos me prennent vraiment pour un con. Ce matin, l'un d'entre eux m'a demandé si je m'étais bien lavé les mains avant de me mettre au boulot, s'indigne Mario.

C'est un travail qui l'ennuie et le frustre. Mais, il n'a pas le choix et doit se contenter de ce qu'on lui propose sans tenir compte de son parcours professionnel engagé.

Pedro a repris le chemin de l'exil. Anna se demande ce qu'elle va bien pouvoir faire dans ce nouveau temps suspendu par la répression et la tension. Une après-midi alors qu'elle attend que les enfants se réveillent de la sieste, Juan, un ami qu'elle a connu au Mexique, frappe à la porte. Il a l'air soucieux et semble hésiter à lui parler.

— Qu'est-ce qui t'arrive Juan, t'as pas l'air dans ton assiette ?

— Voilà, tu sais mon cousin Diego, celui qui est inspecteur de police m'a raconté qu'il y a une Suissesse impliquée dans l'attentat.

— Et alors ?

Il regarde Anna avec insistance avant de poursuivre :

— C'est elle qui, installée dans l'auberge de *San José de Maipo*, a averti les *rodriguistes* du passage du général et de son cortège. À partir de là, ils ont su qu'un quart d'heure après, le bâtard avec ses sbires défileraient devant eux.

Avant même qu'il n'ose lui poser la question, Anna comprend qu'il veut s'assurer qu'il ne s'agit pas d'elle.

— Est-ce que tu as quelque chose à voir dans tout ça ?

La fille de Paul et d'Antoinette le rassure en lui racontant qu'ils étaient à un anniversaire. Puis elle le remercie pour l'information et essaie de changer de sujet car elle ne peut pas lui confier qu'elle croit savoir qui est la Suissesse. Bien que Juan soit quelqu'un de confiance, elle ne peut pas oublier que son cousin est inspecteur de police.

Il y a quelques mois, Anna a rencontré chez une connaissance une compatriote, blonde aux yeux bleus, très loquace, qui se vantait de travailler avec le Front. Elle l'avait trouvée inconsciente et dangereuse.

— Pourquoi tu me racontes ça ? l'avait-elle interpellé. Tu ne me connais pas, tu ne sais pas qui je suis et je ne veux rien savoir sur ton engagement clandestin.

— Ça va, ne le prends pas comme ça ? T'as la trouille ou quoi ?

— Bien sûr que j'ai la trouille. Surtout quand je vois que ce sont des gens comme toi qui mettent en danger toute une organisation. La lutte armée n'est pas, que je sache, un jeu d'adolescents.

Les événements lui donneraient raison. L'embuscade, bien que correctement planifiée, échouera par manque de professionnalisme. Une empreinte laissée sur une boîte de conserve trahira un des résistants. La CNI aura suffisamment de gens fichés pour trouver assez vite des suspects. Elle arrêtera rapidement Victor Diaz, fils d'un dirigeant communiste disparu en 1976 ; Vasily Carrillo, fils d'un syndicaliste fusillé en 1973 ; Lautaro Cruz, neveu d'un dirigeant ouvrier disparu en 1976.

# Racines

Juliette n'avait pas pour habitude de prendre ses petits-enfants dans les bras. Cependant, cela n'empêchait pas Anna de l'aimer. L'avoir à ses côtés, lui suffisait. L'écouter parler de son passé la rassurait.

— Mon frère est né à Paris et moi à Avignon. Mes parents se sont mariés lorsqu'il avait cinq ans. C'est ma tante religieuse qui obligea son frère à prendre pour épouse ma mère mais lui, il lui avait dit qu'il savait qu'elle le tuerait. Ma mère était très capricieuse et bien plus jeune que lui. Elle aimait les fêtes et les bijoux et lui, il n'arrivait pas à la suivre.

Anna buvait ses paroles et admirait cette vieille dame qui ne se compliquait la vie que lorsqu'elle devait penser aux repas.

— Et qu'est-ce qu'on va encore faire à manger ? Allons voir si les poules ont pondu et on mange un œuf à la coque avec des mouillettes, proposait-elle le soir quand elle était à court d'idées.

Ensuite, après le dîner, elle allait mettre les enfants au lit. Comme ils avaient peur de traverser l'antichambre, cette pièce aux grandes armoires, et plusieurs chambres en enfilade pour atteindre la leur, qui se trouvait au-dessus du dernier salon, Juliette prenait la peine d'aller les coucher. Là-haut, en les bordant, elle répondait à leurs questions et les faisait prier. Mais elle ne leur lisait jamais de conte, comme aurait pu faire une autre grand-mère car ce n'était pas une femme qui avait pour habitude de lire. Ses lectures, d'une certaine façon, se résumaient à la revue catholique *Le Pèlerin* et au journal régional *Le Méridional*.

Ce n'était donc pas une femme très cultivée et hormis le piano, elle n'avait pas de grandes distractions. Elle n'allait pas au cinéma, par exemple, ni assistait à des conférences ou à des concerts. Elle n'était jamais allée au Louvre ou au Petit Palais, à Avignon. Sa seule véritable passion était son piano. Si bien que dès qu'elle avait un moment de libre, elle s'échappait pour aller rejoindre son instrument.

Anna la suivait comme un petit chien et commença à l'imiter. Très rapidement, elle aussi ferait parler cet instrument qui trônait dans le premier salon du château en apprenant à faire dialoguer ses mains sur le clavier. L'enfant se régalait à écouter comment la main gauche répondait à la droite puis s'amusait à jouer à quatre mains avec sa grand-mère en mélangeant ses dix doigts aux siens. Les préludes de Bach la bouleversaient et traduisaient ses états d'âme de gamine qui se sentait orpheline. La musique classique lui permettait de se recentrer sur ses émotions et ses sentiments.

Ce penchant d'Anna pour le piano ravissait évidemment Juliette qui avait la sensation d'avoir enfin trouvé chez cette petite-fille quelqu'un avec qui vivre sa grande passion. Et de fil en aiguille, une complicité naquit entre elle et la vieille dame qui non seulement partageait ces moments musicaux avec Anna, mais aussi ses souvenirs. C'est ainsi qu'un jour d'automne, elle lui montra la boîte en métal qui gardait précieusement les restes de son frère, mort en 1915, et de son avion.

À l'époque où les enfants vivaient avec elle, Juliette qui n'avait jamais eu d'attrait pour les travaux d'aiguille ni pour les travaux ménagers, logeait une vieille cousine, qui la secondait dans ces tâches.

Assise sur une chaise de la cuisine, la cousine Pagnol passait ses après-midi à raccommoder des chaussettes et à repriser des torchons. Elle était comme une petite souris. Elle ne faisait pas de bruit et lorsqu'elle n'était pas assise, elle balayait et faisait un semblant de ménage dans cet immense château que personne ne prenait la peine de nettoyer régulièrement.

Juliette et sa cousine ne venaient pas du même monde. Mais la maîtresse de maison acceptait cette lointaine parente telle qu'elle était sans jamais s'en plaindre. D'ailleurs, la femme de Ricardo n'avait pas pour habitude de dire du mal des gens. Certains pensaient que c'était parce qu'elle ne s'intéressait pas suffisamment aux autres, soucieuse qu'elle était de la gestion de son patrimoine et de ses histoires de famille.

Juliette, en effet, avait avant tout deux grandes préoccupations. La première était d'aider un éminent professeur dans ses recherches sur son grand-père, Victor, qui au début du XIX$^e$ siècle avait consacré sa vie à étudier l'histoire naturelle des races humaines dans le but de traiter les grandes questions de la politique de son temps. Et la deuxième consistait à obtenir la canonisation d'un de ses ancêtres, mort en martyr au XVII$^e$ à l'autre bout de la terre.

# Anna

*Avec le temps va tout s'en va*, fredonne Anna. Une voix intérieure la berce tantôt en français tantôt en espagnol avec *Cambia, todo cambia*. Tout change, rien ne dure éternellement. Mais elle a besoin de respirer un autre air. Alors elle décide de prendre la plume pour demander, pour la première fois de sa vie, de l'aide à Antoinette, sa mère, avec laquelle elle correspond régulièrement.

*Maman chérie,*
*Voici plus de deux ans, sans vous voir ! Les enfants grandissent. Rayen marche bien maintenant, elle a tout de même quinze mois. Son frère est un petit bonhomme sympa qui dessine merveilleusement et qui prend soin de sa sœur comme un grand. Il aura trois ans dans un mois et parle très bien espagnol. Je n'ai pas réussi à faire en sorte qu'il apprenne le français. Il n'est donc pour l'instant pas bilingue. C'est trop difficile pour moi de lui parler en français dans la mesure où Mario ne le parle pas. D'ailleurs, c'est une langue que je parle peu. Même avec ma copine Montse, lorsque nous nous retrouvons, nous ne faisons pas l'effort de parler en français et mélangeons les deux langues dans une même phrase, sans faire attention. De plus, leur Nana, Doña Carmen, qui s'occupe d'eux du lundi au vendredi, ne leur parle que chilien, un espagnol qui a ses caractéristiques bien à lui. En tout cas, j'avoue que lorsque j'ai connu Mario au Mexique, j'avais du mal à le comprendre lorsqu'il se retrouvait avec des Chiliens alors que, comme tu le sais bien, j'ai toujours parlé espagnol, cette langue que j'aime par-dessus tout.*

*Enfin, ma maman, si je t'écris aujourd'hui c'est parce que j'ai très envie de vous voir et de partager des moments avec vous et mes enfants. (Regarde comme ils sont beaux sur la photo.) Je pensais, au départ que je pourrais voyager avec eux à Noël, mais les billets sont trop chers pour moi et si vous ne m'aidez pas un peu, je n'ai pas les moyens de prendre l'avion avec eux.*

*Je continue avec les radios suisses et je publie de temps à autre des reportages dans un journal argentin et une revue people chilienne pas très intéressante. Mario a retrouvé du boulot, pas très intéressant non plus, mais c'est tout de même du boulot.*

*Bon, en espérant que cette lettre vous trouvera tous en bonne santé, et que tu pourras m'aider pour les billets d'avion, je t'embrasse très fort. Embrasse aussi papa et toute la famille de ma part.*

*Anna qui pense à vous*

*PS : Tu peux m'appeler si tu veux. En ce moment, nous avons cinq heures de décalage. Bises à mes grands-parents. Comment vont-ils ?*

Difficile de partager ses émotions et ses angoisses avec ses parents. Anna a la sensation de vivre dans un monde parallèle. Personne en France ne peut comprendre ce qu'est son quotidien dans ce pays si loin de tout, coupé du reste du monde par cette Cordillère, barrière à la fois majestueuse et écrasante. Personne ne peut comprendre non plus comment elle a fait le choix d'aller s'enfermer en pleine dictature dans ce pays qui n'a pour horizon que le Pacifique où se noient les couchers de soleil. Par moment, elle a l'impression d'avoir échoué sur une île. Elle se sent enfermée dans ce pays long de quatre mille kilomètres, mais paradoxalement trop étroit.

Elle passera Noël avec les siens en France. Les enfants seront gâtés comme jamais. Pendant plusieurs jours, ils ne feront qu'ouvrir des cadeaux. Déchirer les papiers leur semble très amusant. Découvrir ce que les paquets contiennent les intéresse moins. Il y en a trop !

Au château Les Mouttes, ses grands-parents seront contents de la revoir bien que Juliette se montre déçue qu'elle ait abandonné le piano.

Pas le temps ni l'argent. Elle s'inquiétera aussi de sa santé. Elle la trouve trop maigre et puis elle voudra savoir si ses arrière-petits-enfants sont baptisés. Pour ne pas lui faire de peine, Anna mentira :
« Bien sûr mamie ! »

Elle ne leur raconte presque rien de sa vie à Santiago. Elle leur parle de la beauté de l'océan, de son littoral aux eaux froides qui ne lui permettent pas de se baigner et de la Cordillère, du vin, des *empanadas*, du pain *amasado*, que pétrit à la main la Nounou des enfants. Elle se sent si loin d'eux, de leurs préoccupations quotidiennes. De plus, ses grands-parents semblent abattus. Ils sont à nouveau en deuil : ils viennent de perdre leur deuxième fils, mort à cinquante ans d'une rupture d'anévrisme. Le chagrin semble les ensevelir. Elle ne les reverra plus. Juliette décédera l'année d'après, sans pouvoir se rendre à Rome pour la canonisation de son ancêtre Guillaume et des quinze autres martyrs assassinés au Japon. Ricardo la suivra très vite.

Avec ses parents, le contact est encore plus difficile. Elle ne peut pas partager grand-chose avec eux. Puis elle revoit son frère, Jean. Il est défoncé, incohérent et tout le monde fait semblant de ne pas s'en apercevoir. Sa présence l'angoisse. Physiquement, elle sent son corps trembler. Une tachycardie lui noue la gorge. Elle est partie pour fuir ce malaise. Elle revient et les choses n'ont pas changé. Personne ne veut voir l'évidence : Jean a besoin d'aide, mais on évite d'en parler.

Paul, son père, jubile : il est fier d'avoir sa petite tribu autour de lui et d'avoir parmi ses petits-enfants, des petits Indiens, comme il dit. À Cavaillon, ça fait exotique ! Ensuite, il les trouvera trop sauvages, évidemment. Les rapports entre Anna et lui sont tendus. Elle a du mal à le supporter, à l'entendre parler de Nestlé, comme s'il s'agissait d'une association de bienfaisance. Les repas sont souvent houleux. Elle a hâte de rentrer à la maison et de retrouver Mario avec ses caresses et sa tendresse rassurante.

Au Chili, c'est à nouveau l'été. Ceux qui le peuvent s'échappent de Santiago irrespirable avec ses bus, *micros*, qui démarrent toujours en laissant un nuage noir, un bruit assourdissant et un goût de poison derrière eux.

Au mois de février, la petite famille arrive à aller quelques jours à la mer. Memo a loué une maison où il entasse femme, enfants, beaux-parents, cousins, cousines… enfin suffisamment de monde pour empêcher tout repos.

Les femmes sont à la cuisine et se disputent sur la manière de couper les oignons ou les tomates ; certaines ont l'habitude de les peler, d'autres pas. Les discussions tournent autour de leurs maris et enfants ; les hommes quant à eux se prélassent et parlent de leur passé pendant que les petits, avec l'insouciance de l'enfance, s'amusent entre eux. Les plus grands prennent en charge les cadets. Peu de pleurs et beaucoup de rires, ils ont du plaisir à être ensemble.

Cependant, Anna a du mal avec ces rôles historiquement prédéfinis. Mario, en ce sens, n'est pas comme les Chiliens de son âge. Sa grand-mère couturière lui a appris à s'occuper de son linge. Puis La Chabela ne lui a pas épargné les corvées ménagères. Il sait donc prendre en charge le quotidien de la maison et des enfants. Changer les couches de Rayen ou cuisiner ne lui pose pas de problème. Il ne s'agit pas pour lui d'aider Anna, il s'agit tout simplement de partager avec elle des responsabilités communes. De toute façon, Anna ne pourrait pas vivre avec lui s'il en était autrement. Elle passe pour une féministe acharnée et lui, l'aime aussi pour ça, pour ses convictions et son intransigeance.


Mars, retour à l'école. En ville, les uniformes bleu marine pullulent. À la sortie, les jeunes sont aux arrêts de bus par paquets. Les chauffeurs, payés au ticket, essaient de les éviter car ils ne s'acquittent que d'un billet à prix réduit. Les rues du centre se transforment en courses effrénées. Chaque conducteur de *micro* essaie de voler à son concurrent les passagers qui paient plein pot. Des accidents ont lieu.

Des petits meurent sous les roues de ces engins pollueurs. Anna, comme beaucoup de mères, est indignée. Elle traite les conducteurs d'assassins.

De toute façon, Anna est souvent indignée et en colère. En colère lorsqu'elle se rend à la pharmacie et qu'on lui propose des médicaments comme on lui proposerait l'achat d'une fringue :

— Nous avons cette promotion, deux flacons pour le prix d'un. Puis si vous l'achetez à crédit, vous ne commencerez à le payer qu'à la fin du mois.

Elle est dans un pays où tout le monde s'endette pour tout, même pour manger. On propose des cartes gratuites pour accabler les gens de dettes et les tenir en laisse.

Dans les *poblaciones*, ceux qui n'ont ni salaire ni argent se débrouillent encore en faisant du troc. Ils organisent des *ollas comunes* et ils s'échangent des services entre voisins. Par exemple, au lieu de payer un timbre pour mettre une lettre à la poste, ils donnent un pourboire, ou ce qu'ils ont à manger au facteur pour qu'il achemine lui-même la lettre. D'ailleurs, le facteur n'a plus de salaire. Il ne perçoit que ce que les destinataires d'un courrier doivent lui remettre pour le service rendu. Parfois, les situations sont cocasses. N'ayant pas de quoi recevoir un courrier, certains se cachent lorsqu'ils l'entendent arriver.

— Doña Mercedes Martinez est là ?

— Non, elle est allée acheter du pain.

— Si vous la voyez, dites-lui que j'ai une lettre pour elle. Hier, je l'ai attendue une demi-heure et elle n'est jamais arrivée. Là, aujourd'hui j'ai déjà du retard sur ma tournée et ne peux pas rester plus longtemps. Dites-lui que je repasserai demain à la même heure et qu'elle m'attende.

— Mais t'as pas compris qu'elle en veut pas de ta lettre, espèce d'idiot, lui répond la voisine en ayant pitié de l'homme qui se tape une vingtaine de kilomètres par jour à pied pour pouvoir distribuer des lettres que personne ne veut recevoir faute d'argent.

Anna est aussi en colère lorsqu'elle assiste avec les correspondants de presse et les photographes au matraquage des manifestants. Difficile pour elle de n'être que témoin et de ne pas pouvoir intervenir. Le 8 mars est non seulement la journée des femmes, mais aussi le début de la reprise des hostilités après le répit de l'été. Le face-à-face finit toujours de la même façon : par la violence des carabiniers, *pacos*, qui emmènent même les plus pacifistes au poste. Ils les traînent par les cheveux. Ils les tabassent. D'ailleurs à deux reprises, malgré sa carte de presse, elle sera agressée lors de ses manifestations par un de ces hommes payés pour préserver l'ordre de Pinochet.

De la première agression, elle gardera pendant plusieurs semaines une trace de matraque sur la cuisse droite qui passera du rouge aux différentes couleurs de l'arc-en-ciel et le souvenir d'une brûlure ainsi que des cauchemars que cela provoqua chez Manuel, son fils aîné. De la deuxième, qui aura lieu devant l'Université du Chili, un goût acide et de rage non contenu.

— Arrêtez ! Vous êtes en train de le massacrer !

Ne supportant pas de voir comment un *paco* s'acharne sur un étudiant, elle l'interpelle directement en lui criant dessus. S'approchant d'elle, casqué et avec une visière de protection, l'homme habillé comme un robot sort une bombe lacrymogène de sa poche et, à dix centimètres de son visage, sans dire le moindre mot, il pulvérise le gaz.

— Fils de pute, t'as pas le droit ! intervient Montse puis s'adressant à son amie, elle lui dit :

— Cassons-nous avant qu'il t'embarque.

Anna ne voit plus rien. Elle a le visage en feu. Montse décide de prendre un taxi. C'est elle qui paie la course. Anna se laisse guider. Dès qu'elle descend de la voiture, elle vomit sur le trottoir. Montse l'aide à rentrer chez elle. Les enfants ne sont, fort heureusement, pas à la maison. Anna, sans même se déshabiller, va directement sous la douche. Elle a les yeux qui brûlent mais sent qu'elle pleure non seulement de douleur mais aussi de rage. Le soir venu, elle se vide. Les diarrhées et les vomissements s'enchaînent. Elle n'arrive pas à se lever le lendemain. Si bien que Mario appelle Montse pour qu'elle s'occupe des enfants le temps que la Nounou arrive et emmène sa femme aux urgences.

L'hôpital *San Juan de Dios* n'est qu'à quelques rues de chez eux.

— Pour arrêter ces spasmes, il faut lui faire une piqûre. Mais pour la piquer, il faut que vous alliez acheter une seringue jetable, du coton et de l'alcool. Ici, on n'a plus rien !

— Et où je trouve tout ça ?

— À la pharmacie qui se trouve au coin de l'Avenue *Matucana* et *San Pablo*.

Mario fait l'aller-retour en un quart d'heure. Ensuite, une infirmière peu expérimentée s'empare du matériel pour l'intramusculaire qui devrait apaiser Anna. Malheureusement, l'ironie du sort veut qu'elle réussisse à lui toucher le nerf sciatique et à la faire boiter pendant plusieurs semaines. Un mal en chasse un autre.

— Je t'avais dit, vaut mieux pas tomber malade dans ce putain de pays. Ces connards de militaires sont en train de démanteler tout le service public et je t'avais prévenu que les hôpitaux étaient en piteux états, lui dit Mario en riant et en se moquant gentiment d'elle.

L'hospitalisation quelques années plus tard de Pablo, leur plus jeune fils, lui donnera suffisamment d'arguments pour convaincra Mario de quitter le Chili et de rentrer en France.


Anna a rendez-vous avec Zabrina à la *San Camilo*, une boulangerie-pâtisserie où on peut s'asseoir et prendre un café tout en mangeant des douceurs et en fumant. Zabrina arrive bouleversée. Elle a du mal à contenir ses larmes. Anna ne sait pas comment la consoler. Puis, sa copine se calme et lui dit qu'elle vient de reconnaître dans le métro la voix de son tortionnaire. Elle en tremble encore. Anna la prend dans ses bras. Elle n'a pas de mots pour adoucir le gouffre dans lequel se trouve cette Chilienne qu'elle considère comme une sœur.

Zabrina lui susurre, comme si elle avait peur qu'on l'entende, que la voix qui hante ses nuits depuis quatorze ans a enfin un visage.

— Je n'avais pas dix-sept ans et je portais encore l'uniforme scolaire. J'ai été détenue par la DINA[4], et torturée par cet homme, je suis sûre que c'est lui, je pourrais reconnaître sa voix parmi des milliers d'autres.

Cette fois-là, Zabrina s'est retrouvé à *Villa Grimaldi* avec des centaines d'autres femmes, qui comme elles ont été physiquement déchiquetées. Certaines de ses camarades d'infortune n'ont pas résisté à la torture. D'autres ont disparu à tout jamais. Il y a aussi celles qui ont pris le chemin de l'exil et ont essayé de se reconstruire loin de chez elles, souvent dans un pays et une langue qui leur étaient jusque-là inconnus.

Anna lui caresse le visage. Elle voudrait lui lécher les larmes. Petit à petit, Zabrina retrouve son sourire et se ressaisit. Elle allume une cigarette et lui fait part de ses moments de douleur et de solitude mais aussi de sa joie de vivre et de sa force de combattante.

— Ils ne m'effrayeront pas comme ça ! s'exclame-t-elle en expirant la fumée. Je ne suis pas une victime. J'ai fait des choix que j'assume et je ne cesserai de me battre pour que mes *compañeras* et *compañeros* aient droit à une réparation.

C'est une résistante et elle le revendique. Sans rien oublier, elle se battra le restant de sa vie contre le Chili amnésique en dénonçant tous ceux qui ont participé sous la dictature aux exactions et aux violations des droits humains. Elle aidera par la même occasion à démasquer les tortionnaires cachés sous des apparences trompeuses et militera, jusqu'à son dernier souffle, contre l'impunité.

L'automne 87 a un parfum nouveau. *La Epoca*, démocrate chrétienne, lance son premier numéro. Mario fait partie de l'équipe

---

[4] La DINA, La Direction Nationale de Renseignements opérera de 1973 à 1977 sous le commandement du Général Manuel Contreras, el « Mamo ». Sous ses ordres, 1500 agents ont participé aux violations des droits humains. Il faudra attendre 2008 pour que « El Mamo » soit condamné 4 fois à perpétuité. Après 77, la DINA sera remplacée par la CNI (La Centrale Nationale d'Information).

des graphistes. *El diario del mañana*, le journal du futur, a pour objectif de lutter pour le retour à la démocratie. Il soutient une coalition de centre-gauche capable de faire face au plébiscite annoncé pour l'année suivante. On l'a embauché malgré ses antécédents communistes. Son expérience professionnelle en Argentine et au Mexique a fait le contrepoids. Il s'occupera de la partie graphique du supplément littéraire dirigé par Mariano Aguirre, qui deviendra son ami.

En cette nouvelle rentrée, tout le monde s'affaire dans les derniers préparatifs de la visite du Pape. Tout un événement pour un Chili très catholique où l'église pèse si lourd.

Anna fait la connaissance de Clara, une fille d'exilés qui vient de Strasbourg et qui a décidé de faire son stage de fin d'études de journalisme à *Radio Chilena*. Elles deviendront aussi comme des sœurs. Comme elle, Clara est à la recherche de ses racines, déchirée entre deux cultures, deux langues, des souvenirs et des envies. Le Chili la remplit de bonheur, de nostalgie et de fureur. Ensemble, elles écriront aussi des articles pour des médias français. Elles proposeront à la revue Gai Pied, un reportage sur les ravages du SIDA dans ce pays où la maladie n'est perçue que comme une affaire « d'homosexuels pervers ».

Ensemble, elles couvriront ensuite la visite du Pape.

# Les ancêtres

Un jour, après mai 68, révolution qui évidemment ne laissa aucune trace immédiate au château, alors qu'Anna se promenait avec sa grand-mère dans le parc, une 4L s'avança. Un monsieur Roissy se présenta. Il était professeur à l'Université Paul Valéry de Montpellier et faisait une thèse sur un homme qui avait inventé, au début du XIX<sup>e</sup> siècle, la doctrine des races. Il s'agissait de Victor, le grand-père de Juliette, un Provençal qui, entraîné par la fougue de la révolution de 1830, était monté à Paris à l'âge de dix-sept ans pour suivre les enseignements des Saint-Simoniens. Jeune, très catholique et très moderne, il se disait poète et rêveur, mais ami du peuple et de l'égalité.

Pour traiter les grandes questions de la politique de l'époque et surtout celles qui touchaient aux inégalités sociales, aux principes de la propriété et de l'hérédité à travers une étude scientifique du genre humain, Victor prit le chemin de l'anthropologie de l'histoire. Ainsi, partant du postulat que la vérité de la hiérarchie sociale et de l'organisation politique, tout comme le ressort de l'évolution des sociétés, se trouvent dans la constitution physiologique des hommes, il décida d'étudier les peuples à partir des sciences naturelles pour donner aux doctrines sociales un caractère scientifique. Dans ce but, il appliqua aux peuples les principes de la physiologie et de l'anatomie comparée et examina le genre humain, comme celui des animaux, en classant celui-ci en espèces et races.

Il élabora donc un tableau ethnographique, afin de définir les hommes des cinq continents selon des variétés, comme n'importe quel autre être vivant, et détermina que sur terre il y avait la variété caucasienne, la mongole, l'éthiopienne, l'américaine, et la malaisienne, qui correspondait aux habitants des îles du Pacifique. À l'intérieur de ces groupes, on pouvait déterminer différentes races (blanche, jaune, cuivreuse, brune, foncée, noire, noirâtre). Ensuite, il classa aussi le genre humain en deux espèces selon que les hommes avaient un angle facial de 85 degrés ou un angle facial de 75 à 80 degrés. Enfin, en examinant la tête d'un « nègre » il détermina que celui-ci avait *une prédominance sensible des organes auxquels se rapportent tous les instincts grossiers, et une dépression non moins marquée de ceux auxquels se rapportent les pouvoirs de l'intelligence.* Évidemment, les Européens possédaient, selon lui, des caractéristiques qui indiquaient qu'ils étaient d'une grande supériorité intellectuelle.

Sa nouvelle façon d'examiner les hommes avait un côté révolutionnaire pour l'époque. Il se voulait d'ailleurs subversif car il reconnaissait que même si les races sont inégales, *il existe des Noirs doués de facultés supérieures aux facultés moyennes de leur race et des Blancs inférieurs aux Noirs eux-mêmes.*

Plus âgée, Anna bondissait en lisant les livres de cet aïeul dont Gobineau, le père des thèses sur la supériorité de la race aryenne, allait s'inspirer. Mais contrairement aux Nazis, son ancêtre n'avait pas pour objectif de créer une race supérieure. Son objectif était plutôt celui de diminuer les inégalités sociales. De la même façon que Napoléon pensait que *le mélange du sang européen avec celui des indigènes crée une race mixte dont le nombre et la nature préparent certainement de loin une grande révolution*, Victor pensait qu'on pouvait assurer la justice sociale en favorisant la circulation des élites et en permettant un constant brassage des différentes strates ethniques et sociales au sein des nations. Pour lui, l'important était qu'une nation soit composée de plusieurs races. Mais, pour cela, il fallait que tout le monde se reconnaisse dans les sacrements de l'Église catholique.

En y réfléchissant, adulte, Anna arriva à la conclusion que sa famille tout entière avait été imprégnée par cette pensée de Victor. Dans la mesure où sa grand-mère, fille d'aristocrate, avait épousé, contre toute attente, son travailleur émigré espagnol, elle avait fait siennes les théories de son grand-père en matière de brassage ethnique et social. Elle n'accepta Ricardo que parce qu'il était aussi catholique qu'elle. Autrement, elle n'aurait jamais pu unir sa vie à un homme ne partageant pas sa foi, comme le fit sa fille. Car par la suite Antoinette épousa un protestant. Transgression qui valut des commentaires désobligeants sur sa descendance. Comme avec Paul, elle eut quatre filles et un seul garçon, sa petite sœur, très bigote, dirait à Anna que le petit Jésus les avait punis en ne leur donnant qu'un fils. Dans la mesure où le Suisse et sa sœur avaient décidé en se mariant, que pour éviter les disputes, les filles à naître seraient catholiques et les garçons protestants, Dieu n'avait permis à Antoinette de mettre au monde qu'un mâle qui, plus est, s'avéra, à l'âge adulte, complètement fou.

Anna pensait que sa mère, Antoinette – qui avait malgré tout souffert d'avoir eu un père, qu'elle adorait, mais qu'elle considéra à l'adolescence peu présentable –, avait épousé un étranger qui devait d'une certaine façon « améliorer la race ». En se mariant à un Suisse venu d'un monde plus moderne et plus aseptisé que le sien, elle espérait sans doute aussi changer de statut social.

Ensuite, devenue universitaire, Anna, la petite fille de Juliette allait perpétuer la tradition familiale en décidant de partager sa vie entre l'Amérique latine et la France avec un Chilien, d'origine *mapuche*, issu d'un milieu pauvre, ouvrier, communiste et athée. Sa cousine, Nathalie, en ferait de même deux décennies plus tard en choisissant en Chine son compagnon de route et en tombant amoureuse d'un étranger dont l'univers culturel était très éloigné de celui de ses origines.


De l'ancêtre religieux de Juliette, Anna en découvrit l'existence le jour où sa grand-mère reçut une lettre d'un curé d'un village de l'Hérault lui décrivant son initiative : il voulait que justice soit rendue à un ancien professeur de théologie de l'Université de Toulouse, ordonné prêtre en 1614, qui était mort martyr au Japon. Il lui expliquait dans sa missive que cet homme, Dominicain, membre de sa famille, méritait d'être canonisé car il avait été entièrement dévoué à l'église.

Ce membre de sa lignée, qui s'appelait Guillaume, avait été choisi par son ordre religieux, au début du XVII<sup>e</sup> siècle, pour se rendre au Pays du soleil levant car il était apparemment assez ferme de caractère pour conformer sa conduite aux préceptes les plus rigoureux de son enseignement et assez intelligent et instruit pour tenir tête à tous les contradicteurs. Il était capable, disait-on, de résister victorieusement aux assauts de la dialectique la plus subtile et assez souple pour se conformer aux usages du pays dans toute la mesure permise par la Foi. Puis comme si cela ne suffisait pas, il était assez courageux pour affronter intrépidement la persécution, la torture et la mort.

En découvrant l'existence d'un tel homme de sacrifice dans ses ascendants, Juliette décida vers soixante ans de consacrer le reste de sa vie à cette noble cause qui lui coûta des milliers de francs dont elle ne disposait pas toujours afin que justice divine lui fût rendue.

Avec l'argent hérité et sa mobilisation au sein de l'Association des Parents et Amis du Père Tomas de Santo Domingo, elle obtint tout d'abord sa béatification à Manille le 18 février 1981. Béatification qui eut lieu dans le parc Rizal devant cent mille personnes et des centaines d'évêques venus du monde entier assister pour la première fois dans l'histoire de l'Église catholique à une béatification hors de Rome et cela alors que le dictateur Ferdinand Marcos sévissait. Ce jour-là, Jean-Paul II proclama bienheureux seize martyrs assassinés au Japon entre 1633 et 1637, parmi eux Guillaume, l'ancêtre de Juliette, deux religieuses japonaises, un laïc, qui ne renia jamais sa foi, et cinq compagnons de route partis de Manille, après avoir traversé le Mexique, vers le Japon sur une jonque qui faillit d'abord les noyer.

Comme Juliette avait peur de prendre l'avion, elle ne se rendit pas aux Philippines et bien qu'elle se préparât à l'idée de se rendre à Rome pour le grand jour, c'est la plus jeune de ses filles et son mari qui s'y rendirent à sa place car la canonisation eut lieu le 18 octobre 1987, deux mois après la mort de la vieille dame et quelques mois après qu'Anna ait assisté à Santiago du Chili à la polémique visite du pape qui annonça le début de la fin de la dictature militaire du général Pinochet.

# Santiago

Jean Paul II baisa le sol chilien le 1ᵉʳ avril, six mois avant de canoniser à Rome l'ancêtre martyr de la grand-mère d'Anna. Le général le reçoit sur le tarmac de l'aéroport Arturo Merino Benitez avec son discours habituel. Il lui parle de *l'agression et du harcèlement dont le Chili a été et est toujours victime*, et ce, évidemment, de la part des marxistes. La télévision montre les deux hommes côte à côte. Le dictateur essaie de récupérer cette visite pour redorer son blason. Après les salutations et les simagrées protocolaires, le Pontife se rend dans sa papamobile à la cathédrale, en plein centre-ville.

Manuel et sa mère le voient passer sur *la Alameda*, l'avenue centrale. L'enfant croit reconnaître son grand-père Paul. Le même âge, les cheveux blancs et cette stature imposante pour un petit de cinq ans et demi. Mais avant cela, le Pape, sur son trajet, a traversé une zone populaire où il a reçu les premiers jets de pierres. Il est arrivé dans un pays profondément blessé. Ce même jour, il visitera le Vicariat de la Solidarité et écoutera les témoignages de ceux qui travaillent depuis plus de dix ans à récolter la parole censurée des familles des persécutés.

Pour cette période, Anna a été embauchée par l'AFP, Agence France Presse. Elle fait les gardes de nuit, au cas où il y aurait une info de dernière minute à envoyer avant que le jour ne se lève. Vu les tensions, tout peut arriver. Mais les choses se déroulent plus ou moins comme prévu par l'archevêché de Santiago et les organisateurs du Vatican. Il n'y a pas de graves incidents, mais bien quelques surprises.

Le deuxième jour, le Pape se rend à *La Moneda*, le palais présidentiel. Sans consulter les organisateurs, le général a réussi à déplacer des fonctionnaires et à les faire stationner sur la place qui est au pied du palais. Avant même que le tête-à-tête ne commence entre les deux hommes d'État, Pinochet se débrouille pour que Jean Paul II se retrouve sur le balcon à saluer, à ses côtés, les milliers de personnes venues l'accueillir. Les caméras sont là pour la propagande. Leurs images sont largement diffusées et exploitées.

Alors que le temps presse car tout est minuté, le général fait son possible pour retenir le Pontife qui doit se rendre au Parc *La Bandera* pour célébrer une homélie devant des *pobladores* de soixante quartiers populaires et pauvres du sud de la capitale. Là prendront la parole trois *pobladores*. L'Archevêché a révisé les témoignages. Normalement, tout est sous contrôle. Il n'est pas question que les interventions aient une quelconque connotation politique. Tout a été minutieusement encadré afin qu'il n'y ait aucun dérapage. Cependant, malgré sa surveillance, une fois devant le Pape, Luisa Riveros, une femme chétive à la voix ferme, sort une feuille de papier cachée dans le pli de sa jupe grise et sans trembler, elle lit un discours inattendu que les télévisions et les radios officielles s'empressent de taire :

*Je viens vous raconter un peu de nos peines et très peu de nos joies. Nous sommes des mères et des épouses, qui cherchons le bien pour nos familles, mais cette chose qui semble si simple est très difficile pour nous à cause du manque de travail et des bas salaires. Nous voulons une vie digne pour tous, sans dictature. C'est aussi pour cela que nous allons rendre visite aux prisonniers politiques et aux torturés. Nous demandons à ce que justice soit faite et que les exilés reviennent. Nous accompagnons les parents des détenus disparus et nous demandons qu'on nous entende et qu'on nous respecte. Et nous vous demandons, ici, que nos prêtres expulsés du pays puissent revenir.*

À la place des mots émouvants de Luisa, les téléspectateurs et auditeurs n'entendront que de la musique sacrée. Intervention courageuse qui lui vaudra des représailles : sa petite maison en bois sera perquisitionnée à plusieurs reprises ; elle et ses enfants seront intimidés et insultés pendant des mois, voire des années.

Le jour suivant, le Pontife et sa cour se rendront le matin à *Viña del Mar*, la ville balnéaire qui se trouve à côté du populaire port *Valparaiso*, puis dans l'après-midi au stade National, qui a servi en 73 de centre de détention et de torture. Quelques milliers de jeunes sont attendus. Ils ne peuvent rentrer que sur invitation. Mais c'est mal connaître l'obstination des Chiliens que de penser que les autres resteront dehors. Quatre-vingt-dix mille personnes seront au rendez-vous. La plupart ont réussi à falsifier des cartes d'invitation et à s'introduire malgré le contrôle des organisateurs. La présence de Carmen Gloria, brûlée par les militaires, est prévue et la jeune femme verra le Pape. Ce n'était pas gagné au départ. Un secteur de l'archevêché s'y opposait de peur que cette rencontre soit politiquement récupérée. Ensuite, il cédera en proposant d'inviter, pour faire contrepoids, une *victime du terrorisme* qui s'appelle Nora Vargas. Mais les hommes du général ne veulent pas en entendre parler.

— Il n'est pas question que Nora soit avec *la terroriste* Carmen Gloria !

Après le stade, Jean Paul II continue son marathon. Il se rend à l'Université Catholique pour rencontrer le monde de la culture et ensuite au *Parque O'Higgins* pour célébrer l'eucharistie de la réconciliation et pour béatifier Sœur Teresa des Andes. Six cent mille personnes l'attendent. Parmi eux des opposants de gauche qui veulent être entendus. Les carabiniers interviennent à leur manière une fois de plus. Ils tabassent et lancent des lacrymogènes qui font même pleurer le Pape et ses évêques. Cependant, les hommes d'Église prennent sur eux et malgré le chaos qui règne sous leurs yeux, ils vont jusqu'au bout de leur mission en béatifiant la première religieuse chilienne, morte à l'âge de 20 ans de typhus et de diphtérie et qui aurait fait un miracle le 4 décembre 1985 en ressuscitant un pompier de la Sixième compagnie de pompiers de Santiago, mort après être tombé d'un toit.

Avant de quitter Santiago pour se rendre dans le sud du pays, Jean Paul II reçoit les représentants de l'Accord National. Une coalition de centre-droit qui cherche une sortie politique à la crise que vit le pays. C'est donc à ce moment-là que le Vatican négocie la suite du calendrier politique du Chili qui permettra au Général de quitter *La Moneda* sans renoncer au pouvoir.

Le Pape parti, la répression se déchaîne.


La CNI est toujours sur l'affaire de l'attentat contre Pinochet. Elle décide de frapper à nouveau un grand coup. Elle reprend intensément son espionnage. Se servant de ses fichiers, elle met en place un suivi de gens qui ont milité à gauche avant le putsch. Qu'ils aient abandonné toute militance, lui importe peu. Pour elle, ils demeurent dangereux. Elle les surveille et le 15 juin, soixante jours après la pâque chrétienne, elle lance *l'Opération Albania*, ou ce qu'on appela le *massacre de Corpus Christi*.

L'hiver s'abattait sur Santiago. Le ciel couvrait la ville et le smog rendait l'air irrespirable. L'humidité était froide et même si on n'arrivait pas à l'apercevoir, on savait que la cordillère était enneigée.

Ignacio Valenzuela, un des fondateurs du Front résistant, est dans la vie publique un professeur d'économie de l'Institut supérieur des arts et des sciences sociales. Marié, avec un enfant, il vit dans le centre-ville mais décide ce lundi 15 juin 87 de se rendre vers midi chez sa mère, une avocate qui habite à *Las Condes*, un quartier chic de la métropole.

Depuis quelques jours, Ignacio est soucieux : plusieurs de ses camarades ont été détenus suite à l'attentat de Pinochet. Il sait qu'il faut qu'il soit très prudent pour ne pas mettre en danger sa famille et ses compagnons de route. Néanmoins, il ne sait pas qu'il a été pris en filature depuis quelques semaines.

En sortant de la maison familiale, pour se rendre au travail, il veut reprendre sa voiture, une 2CV grise, garée au bout de rue *Alhué*. Il essaie de la faire démarrer, la batterie semble morte. Il prend son attaché-case avec ses cours. Il n'a plus le choix : il doit se déplacer en métro ou en *micro*. Mais avant il décide d'aller laisser les clefs chez sa mère.

Il sort de la voiture, verrouille les portes et se met en marche. Il n'a pas fait vingt mètres qu'une camionnette blanche, surgie de nulle part, lui fonce dessus.

Il entend le bruit d'une accélération. Il a le temps de se retourner et de voir que depuis la porte latérale du véhicule on lui tire dessus avec une mitraillette. Il s'effondre.

Rapidement, des hommes entourent son cadavre. Des témoins voient comment on l'habille d'un flingue et d'une grenade et comment on s'empresse de le prendre en photos. Celles-ci seront distribuées à la presse le lendemain avec un communiqué officiel.

En fin d'après-midi, c'est au tour de Patricio Acosta de tomber. Depuis quelque temps, cet homme sans emploi a l'impression de devenir parano. Avec son épouse, il sait, comme tous ceux de son quartier, qu'ils sont suivis. Si bien que pour déjouer la surveillance des *sapos*, des indics, le couple ne dort pas souvent à la maison. La veille, par exemple, il n'était pas chez eux et aucun voisin ne s'en est inquiété.

Tôt le matin, leur quartier est quadrillé par des voitures sans plaques d'immatriculation. Un boulanger du secteur, craignant d'être victime d'un hold-up, appelle les *pacos*. Les carabiniers se déplacent et constatent rapidement qu'il s'agit d'une opération de la CNI. Ils s'en vont sans explications en laissant le chemin libre aux agents de sécurité et en laissant le boulanger avec ses craintes.

À 18 h 30, alors que la nuit commence à assombrir les rues sans éclairage, Patricio descend de la *micro*. Très vite, il est encerclé par des voitures qui le mitraillent. Gisant sur le sol, on lui tire encore deux rafales dans le corps.

Les journaux officiels déclareront que les forces spéciales avaient trouvé sur le mort précédent, Ignacio Valenzuela, des documents qui prouvaient la participation d'Acosta à l'attentat contre Pinochet.

À minuit, c'est au tour de Julio Guerra, 29 ans, d'être éliminé. Cet ouvrier de la construction de la ville de *Viña del Mar*, s'est installé à

Santiago car il se sent surveillé depuis quelque temps. Il a sollicité une protection auprès de la Commission chilienne des droits humains. Celle-ci a même introduit un recours en justice pour savoir s'il est sous le coup d'un mandat d'arrêt. Recours rejeté par la Cour d'appel de *Viña* : les services de police et de sécurité assurant qu'il n'existe aucune charge contre lui.

Le soir de ce 15 juin, Julio, qui louait une pièce dans un appartement de la commune de *Nuñoa*, appelle sa femme qui est restée à *Viña*. Il est 22 h, il a froid et lui dit qu'il est déjà au lit car il n'arrive pas à se réchauffer. Deux heures plus tard, une cinquantaine d'hommes armés entourent le bâtiment dans lequel il vit, défoncent la porte à coup de pied et l'exécutent dans la salle de bain où il a trouvé refuge.

La version officielle est toujours la même : il a résisté à l'arrestation et les agents ont été dans l'obligation de l'abattre. L'autopsie révélera que Julio a reçu neuf projectiles, tirés à moins d'un mètre de distance, dont deux dans les yeux.

Même nuit à la même heure, dans un quartier plus populaire, c'est la maison du 417 de la rue *Varas Mena*, de la commune de *San Miguel*, qui est attaquée. Il s'agit d'une maison servant d'école de formation de cadres du FPMR. Les occupants ripostent aux tirs des agents de la CNI, quatorze personnes arrivent à s'enfuir, parmi celles qui sont restées pour couvrir leur retraite, deux frères qui meurent au combat et un blessé qui est fait prisonnier.

Même nuit toujours à la même heure, dans un tout autre quartier, au nord de la ville, des dizaines de véhicules et de nombreux hommes en armes freinent bruyamment, en réveillant les voisins, devant la maison vide de Daniel Tillerias qui vit en Argentine. Certains remarquent qu'on fait descendre des hommes et des femmes des voitures. Ils sont tous pieds nus. Ils ont les mains attachées dans le dos et les yeux bandés.

Vers cinq heures du matin, il y a une centaine d'hommes autour de la maison. Certains sont en civil, d'autres portent l'uniforme des carabiniers. Dans un haut-parleur, on crie *Rendez-vous, vous êtes encerclés ! Sortez les mains en l'air.* Calfeutrés chez eux, les voisins entendront pendant une demi-heure retentir des coups de feu et des rafales de mitrailleuses qui déchirent la nuit. Une fois le silence revenu et les voitures parties, Ricardo Campos, qui habite juste en face, sort inspecter la maison.

*Il y avait du sang sur tous les murs. J'ai aperçu une masse sanguinolente, des morceaux d'os, les restes d'une main. C'était horrible, pendant des mois je n'en ai pas dormi,* déclarera-t-il au journal *La Epoca.*

La version officielle donnée le lendemain matin par Dinacos, le service d'information du régime militaire sera la suivante :

— *Lorsque les agents de la CNI arrivèrent à la maison de sécurité du FPMR située au Nº 582 de la rue Pedro Donoso, ils furent attaqués au moyen d'armes à feu depuis l'intérieur de l'immeuble. Au cours de l'affrontement armé qui suivit, sept terroristes furent tués et trois agents CNI blessés.*

D'autres versions officielles s'ensuivent. Elles sont contradictoires. Un policier dira que les terroristes s'apprêtaient à perpétrer un nouvel attentat et attendaient les instructions de leur chef quand ils ont été surpris. Parmi les sept victimes, il y a trois femmes, Esther Cabrera, qui avait vécu avec sa famille quatre ans d'exil, Élisabeth Escobar, vingt-neuf ans, sans antécédents, et Patricia Quiroz, épouse de Patricio Acosta, tué le même jour en descendant du *micro.*

Parmi les hommes, Manuel Valencia, vingt et un ans, jeune marié qui gagne sa vie en réparant des appareils électriques. Il est membre d'un comité chrétien et d'une section locale de la Commission des droits humains. Il est sorti de chez lui vers 17 h 30.

Ricardo Silva, vingt-huit ans, étudiant en pharmacie est militant du parti communiste. Il est sorti de chez lui le lundi 15 au matin en disant à sa femme qu'il serait de retour vers midi.

Hernan Rivera, vingt-quatre ans, mécanicien chauffeur sans emploi, habite la ville minière de *Lota*, à cinq cents kilomètres au sud de Santiago. Son père était un ami d'un syndicaliste assassiné par la dictature. Le dimanche 14 juin, Hernan se rend à Santiago où il espère trouver du travail. Il doit loger chez un ami qui ne le verra jamais débarquer.

José Valenzuela, vingt-neuf ans, a été exilé en Suisse. Selon la CNI, il a reçu une formation militaire à Cuba avant de rentrer clandestinement au Chili en 86 pour devenir « coordinateur de zone » du FPMR.

Toutes les familles de ces douze jeunes opposants au régime accusent la CNI de les avoir enlevés entre le 14 et le 15 et d'avoir mis en scène leur assassinat. Quelques jours plus tard, la Brigade des homicides de la police judiciaire, en guerre contre les agents de la CNI, leur donne raison : les recherches balistiques démontrent qu'il n'y a pas eu d'affrontement. Toutes les douilles trouvées correspondent aux armes employées par les bras répressifs de Pinochet.

Les avocats du Vicariat de la Solidarité se rendent à leur tour sur les lieux, sans que personne ne leur interdise l'accès. Ils constatent qu'il *n'existe aucun impact de balle sur les maisons faisant face à celle des faits ni sur les arbres, les barrières, les murs, ce qui mène à déduire qu'il n'y a pas eu de coups de feu depuis l'intérieur de la maison. Par contre, les traces de balles situées autour des flaques de sang montrent que les coups de feu ont été tirés du haut vers le bas et, l'on présume, à courte distance.* Le rapport d'autopsie confirme les doutes.

Les Chiliens sortent dans la rue. Le mensonge et la manipulation des faits sont trop flagrants. Pinochet leur répond :

— *Quand des criminels tombent en combattant, des Messieurs du credo religieux disent « Oh, les pauvres ! ». Je ne peux pas accepter ces réactions parce que ce serait manquer à notre pudeur intime. Le danger du terrorisme est toujours présent, ainsi que les projets socialistes avancés par des politiciens rétrogrades qui n'annoncent qu'un totalitarisme croissant de l'État et la suppression des libertés inhérentes à la personne humaine.*

Le lendemain, cinq cents prisonniers politiques entament une grève de la faim. Ils exigent que leurs procès, entre les mains de la justice militaire, passent à la justice civile. Ils veulent aussi l'abolition de la peine de mort.

En ce qui concerne *l'Opération Albania*, la justice ne rendra sa sentence que dix-huit ans plus tard, en janvier 2005, en condamnant pour la première fois un très haut ex-gradé à perpétuité. C'est ainsi que l'ex- directeur de la CNI, Hugo Salas Wenzel, est rattrapé par ce massacre de 1987.

Alvaro Corvalan, chef des opérations, eut quant à lui droit pour cette affaire à quinze ans de réclusion (parmi les cent ans accumulés pour d'autres exactions) et Ivan Quiroz, ex-officier des carabiniers, à dix ans. Mais celui-ci, en cavale, ne sera arrêté que trois ans plus tard.

Ce beau monde se retrouvera incarcéré à *Punta Peuco*, un centre pénitencier de luxe qui sera créé pendant la transition à la démocratie pour recevoir les militaires à la retraite et les ex-agents de l'État, condamnés pour leurs violations des droits humains.


Le FPMR contre-attaque en enlevant le colonel Carlos Carreño. Il réclame deux millions de dollars et vingt-cinq camions de nourriture à distribuer dans les *poblaciones*. Le lendemain, cinq militants communistes sont enlevés et disparaissent. En novembre, Caritas Chile, distribue des vivres, équivalant à la rançon, dans les quartiers pauvres de Santiago. Carreño, que le régime avait dit retrouver en l'espace de quelques heures, ne réapparaîtra sain et sauf que trois mois plus tard, dans un Brésil qui en a fini avec sa dictature militaire.

En octobre, la CNT, la Centrale Nationale des travailleurs, appelle à la grève générale. Bilan : cinq cents arrestations, vingt blessés et deux morts. Les deux principaux dirigeants sont relégués à mille kilomètres de Santiago pendant cinq cent quarante et un jours.


87 est aussi l'année que choisissent plusieurs dirigeants socialistes et communistes pour rentrer clandestinement au pays. Le premier à le faire, juste avant la visite du Pape, est l'ex- chancelier d'Allende,

Clodomiro Almeyda. À dos de mulet, il traverse la Cordillère puis se présente devant la justice en réclamant le droit de vivre dans son pays. Son retour et ses déclarations sont très médiatisés. Le régime réagit en s'emparant de l'article huit de la Constitution qui proscrit tous les partis politiques et les personnes qui croient à la lutte des classes. Almeyda est déclaré inconstitutionnel. Il perd ainsi ses droits civiques, c'est-à-dire son droit de vote. Mais sa démarche ouvre un boulevard dans lequel beaucoup d'exilés s'engouffrent pour retourner au Chili au moment où on ne parle plus que du plébiscite qui aura lieu l'année suivante.

À *La Epoca*, Mario travaille un week-end sur deux. Anna, toujours sans voiture, se débrouille toute seule avec les enfants. Tantôt, elle partage ses après-midis avec ses copines qui se déplacent et traversent Santiago comme elle en *micro*, tantôt elle se rend chez sa belle-mère à *Lo Valledor* où les enfants retrouvent leurs cousins et jouent à cache-cache dans ce qui fut l'atelier de Don Barta, le grand-père qu'ils n'ont pas connu.

# Mario

Septembre est un mois toujours très agité au Chili. Non seulement parce qu'il y a le 11, commémoration du putsch, de la mort d'Allende, de Neruda, mais aussi parce que, avant le *Golpe*, tous les six ans l'élection présidentielle avait lieu le 4 septembre. C'est donc un mois douloureux pour ceux qui vécurent l'exil ou ceux qui durent survivre à des années de répression et d'exaction.

Mais en même temps, septembre c'est aussi le mois de *las fiestas patrias,* qui s'étalent sur une semaine, autour du 17 et 18, pendant laquelle beaucoup commémorent l'Indépendance en assistant aux défilés militaires. Évidemment que chez nous ça n'a jamais été le cas. Don Barta avait autant horreur des curés que des militaires. Mais nous avions tout de même pour habitude ce mois-là de repeindre à la chaux les façades de nos maisons et de hisser le drapeau chilien à nos fenêtres. Une habitude qui était en réalité une obligation qu'on ne remettait absolument pas en question car ceux qui dérogeaient à ce protocole patriotique étaient passibles d'une amende. Je me souviens que tous les véhicules, sans exception, ainsi que les vélos, se déplaçaient eux aussi avec le drapeau de la nation.

Mais si nous n'allions pas aux défilés militaires, ce que nous faisions systématiquement c'était allé au cirque. Que de beaux cirques ! On y voyait des éléphants et des lions venus d'Afrique, des trapézistes brésiliens et on avait l'impression de voyager et de sortir de Santiago.

Ensuite, le soir on allait dans des *ramadas* ou des *fondas,* sorte de guinguettes où on danse les traditionnelles *cuecas* et on mange des *empanadas* en buvant de la *chicha.*[5]

C'est dans ces fêtes foraines, sans manèges, que les familles se retrouvent, encore aujourd'hui, pour célébrer la patrie et honorer Bernardo O'Higgins (un Irlandais) qui a su nous délivrer au début du XIXe siècle des Espagnols.

À cette époque de l'année, il ne fait pas encore tout à fait beau. C'est du style : le mois où on pourrait dire qu'il ne faut pas se découvrir d'un fil. Si bien que même s'il y a de belles journées, il peut encore pleuvoir ou les soirées peuvent être encore fraîches. Aussi on a souvent besoin de mettre un *poncho* ou un *charlon*, un grand châle en laine pour se réchauffer à plusieurs dessous. En tout cas, c'était le rêve des ados et des jeunes couples qui n'hésitaient pas à se tripoter en cachette.

Mais à partir de septembre, il y a aussi le vent du printemps qui commence à souffler les nuages. C'est donc le mois où on s'installe dans les jardins publics pour jouer avec des petits cerfs-volants en papier multicolore fabriqués artisanalement. Retenus par des ficelles souvent enduites de vieilles ampoules pilées mélangées à de la colle, adultes et enfants se préparent pour le combat de *volantines,* de cerfs-volants.

Comme on n'avait pas d'argent pour acheter du papier en couleur, on fabriquait nous-mêmes nos *volantines* avec du papier journal. En forme de losange sur une armature en osier, il suffisait de leur mettre une queue pour qu'ils flottent dans les airs avec pour toile de fond la Cordillère, qui en cette saison était souvent encore enneigée. Le jeu consistait à sectionner la ficelle de l'autre pour couper et récupérer son cerf-volant. Ensuite, munis de longs bâtons, certains s'amusaient à guetter les cieux afin de s'élancer dans des courses effrénées pour saisir un de ces oiseaux en papier qui volaient sans attaches. Ceux qui n'avaient pas les moyens de s'en fabriquer ne pouvaient compter que

---

[5] L'empanada chilienne est un gros chausson de viande épicée. La Chicha est une sorte de beaujolais nouveau qu'on boit sans modération à cette époque de l'année.

sur les pertes des autres pour s'emparer d'un cerf-volant. Malheureusement, ils ne le récupéraient pas toujours en bon état.

Manuel adore faire grimper ses oiseaux en papier. On passe des après-midi entières à en fabriquer puis à jouer avec ses cousins dans des parcs où se réunissent les gens d'en bas. Très petit, il aimait déjà peindre et avait un bon coup de crayon. Il était très créatif et avait beaucoup de facilités en art plastique. Il se débrouillait bien aussi avec le papier mâché. Pour chaque anniversaire, on fabriquait ensemble des *piñatas* mexicaines, en forme d'animal.

Il est indéniable que mon passage par le Mexique a laissé des traces chez moi et même au sein de notre famille. C'est là-bas que ma rétine s'est imprégnée de couleurs et d'un nouvel imaginaire merveilleux. J'ai d'ailleurs encore aujourd'hui la nostalgie de ce pays qui a su m'accueillir lors de mon deuxième exil. Je rêve non seulement de l'odeur de ses *tacos* et de ses *chiles*, ses piments, mais aussi de ses villages blottis dans la *sierra*, la montagne, et du D. F., cette mégalopole bruyante, chaotique que j'ai fuie, mais qui me manque.

Là-bas, tout était vivant, ici, ça sent la mort et la souffrance. La dictature a teinté cette ville de gris et même si l'humour noir semble maintenir les gens en vie, tout est austère et manque de couleur.

Pour combattre ce manque de gaieté, avec Anna nous essayons de fêter les anniversaires des enfants dans des jardins publics. La dernière fois, une ribambelle d'amis est venue casser la *piñata* remplie de surprises et de bonbons. On a chanté et dansé. Ça faisait longtemps que ça ne nous était plus arrivé.

# Souffle

En décembre, la famille décide de partir en vacances pour découvrir le sud. Le couple qui vit depuis trois ans et demi à Santiago veut connaître *Chiloé*, cette île riche en légendes et mythes. Mais avant, il s'arrête à Temuco, à six cent soixante-dix kilomètres au sud de la capitale. Ils ont voyagé de nuit dans un bus très confortable et Manuel et Rayen ont bien dormi.

Dans la capitale de l'*Araucania*, région des *Mapuches*, Anna a rendez-vous avec Marcelo, un jeune photographe. Ensemble, ils veulent faire un reportage sur ce peuple autochtone qui vit dans cette partie du Chili que les Espagnols n'ont jamais pu conquérir et qui est devenue Chilienne après l'Indépendance lorsque Santiago a envoyé des militaires la *pacifier* en massacrant ses habitants et en usurpant leurs terres.

Elle a rencontré Marcelo dans la rue. La première fois qu'elle l'a vu, c'était aux obsèques de Jarlan. Il était avec d'autres photographes, tous indépendants. Depuis, elle a compris qu'il fait corps avec ses collègues. Ils se protègent tous entre eux. Dans les manifs, ils doivent souvent se battre contre les *pacos* qui essaient de leur arracher appareils et pellicules.

Pour Marcelo et les siens, l'appareil photo est une arme. Avec leurs objectifs, ils mitraillent les exactions. Ils se donnent le mot pour ne rater aucune échauffourée. Leurs photos en noir et blanc font le tour du monde. Ils les vendent, quand ils peuvent, aux agences de presse ou aux journalistes étrangers.

— Est-ce que tu es capable de faire un reportage photo sans adrénaline ? lui a demandé un jour Anna qui cherchait un photographe posé.

— J'sais pas.

— J'aimerais aller dans une communauté *mapuche*. Ça te dirait qu'on y aille ensemble ?

Ils se sont vus et revus pour planifier ce reportage dans le sud auprès de ces hommes de la terre, comme ils s'appellent dans leur langue *mapudungun*. Le jeune homme connaît une communauté qui se bat contre l'installation d'une centrale hydroélectrique qui doit l'ensevelir. C'est au pied de la Cordillère, éloigné des routes et des transports en commun.

Anna et Marcelo partent retrouver une famille de *Pehuenches*, les *Mapuches* des hauteurs alors que Mario, avec les enfants, visite Temuco et son marché traditionnel qui sent le *cochayuyo* et le poisson fumé. Il aime se perdre dans son dédale où sont exhibés de gros ponchos en laine écru ou marron ainsi que des plats et ustensiles de cuisine taillés dans du bois.

Depuis la gare routière, les journalistes, quant à eux, prennent un bus délabré qui semble se démanteler sur les routes non asphaltées. Après deux heures de trajet cahotant, ils doivent poursuivre leur chemin caillouteux bordé de buissons à pied et sous la chaleur de l'été. Anna transpire et regrette de ne pas avoir pensé à prendre davantage d'eau.

Soudain au loin un nuage de poussière : une voiture approche. C'est une Volkswagen coccinelle. Arrivée à leur hauteur, le véhicule s'arrête. À l'intérieur un vieil homme aux yeux bleus délavés.

— Vous allez où comme ça ? leur demande-t-il avec un fort accent étranger.

Il s'agit d'un Chilien d'origine suisse. Content de rencontrer une compatriote, il lui raconte sa vie alors que la voiture slalome afin d'éviter les trous qui rendent la piste difficile :

— Mon grand-père est arrivé dans le coin il y a cent ans. Mais à la maison, nous parlons tous suisse-allemand. Mes enfants ont fait leurs études à Zurich et mes petits-enfants suivent la tradition. Il ne faut pas oublier qu'ici, c'est tout de même un pays de sauvages. Il faut se méfier des Indiens. On ne peut pas leur faire confiance. Ils sont toujours à réclamer leurs terres, alors qu'ils sont incapables de les exploiter. Ce sont des abrutis. Ils ne savent que se souler et se plaindre...

Anna est ulcérée mais essaie de lui tirer les vers du nez. Marcelo, assis à l'arrière n'entend pas grand-chose avec le bruit du moteur. Par la suite, il lui expliquera que les paysans suisses sont arrivés dans ce Sud du Chili à la fin du XIXᵉ siècle et que dans cette région, ils possèdent des milliers d'hectares.

Après la Pacification de la *Araucanía*, les autorités chiliennes offrirent à plus de vingt-deux mille Helvétiques la possibilité de troquer les Alpes pour les Andes. Fascinés, non seulement par la beauté de la région baignée de lacs et de verdure, mais aussi par ce qu'on leur proposait, ils s'expatrièrent avec femme et enfants de ce côté de la Cordillère.

— Pour une bouchée de pain, on leur permit d'acheter des terres qui en réalité appartenaient aux *Mapuches*, lui dit Marcelo. Mais comme les *Mapuches* n'avaient pas de titre de propriété, ils n'avaient pas la possibilité de se défendre avec les lois des *Huincas*, des blancs. C'est ainsi qu'une fois conquis, les hommes de la terre se retrouvèrent sans terre.

C'est aussi ainsi que les Suisses au visage rougeaud et aux yeux clairs, se sont installés au pied de la Cordillère pour élever des vaches et cultiver des champs avec, pour toile de fond les volcans *Llaima* ou *Villarica*. Des Allemands en firent autant dans ce sud qui par endroit leur rappelait leur forêt noire.

Du temps de l'Unité Populaire, ils ont eu peur. Il n'était pas question pour eux d'accepter la réforme agraire proposée par le gouvernement d'Allende et de partager leurs terres avec les natifs. Heureusement pour eux, il y eut plus de peur que de mal et depuis, ils ont prospéré.

Anna et Marcelo finissent le chemin qui grimpe sur les flancs de la Cordillère à pied. Après deux heures de marche, ils arrivent dans une petite communauté, chez des gens que le photographe connaît.

La famille vit au milieu des bois, entourée leur arbre sacré : l'araucaria ou *pehuén* dont les feuilles piquantes ornent des branches qui se relèvent pour aller chercher la lumière. Elle a une vache trop maigre pour lui donner du lait, deux chevaux faméliques et quelques poules et des chiens. Elle habite dans des maisons en bois avec des murs tapissés de papier journal. Le sol est en terre, l'humidité, même en ce début d'été, rentre la nuit par les planches mal assemblées.

Anna se souvient de n'avoir vu une telle misère que dans la Vallée du *Mezquital*, non loin de Mexico. Il y a une *ruca*, une maison en pisé, qui sert de cuisine. Le foyer est au milieu de la pièce enfumée. À même le sol en terre battue, on fait bouillir l'eau pour le *mate*. Ils passent la nuit avec la famille à la lueur de la lune et du feu. Il n'y a pas d'électricité. Ils parlent du Suisse, que tout le monde connaît. Il les fait de temps en temps travailler mais il ne les paie qu'en bombonnes de vin et en cageots de pommes de terre. Il n'y a pas d'autres salaires, c'est à prendre ou à laisser.

La terre des *Pehuenches* est pauvre et n'arrive plus à produire grand-chose. Heureusement, avec les pignons du *pehúen*, de l'araucaria, ce conifère au bois écaillé, ils arrivent à obtenir de la farine et à se faire à manger. Ensuite, ils se débrouillent avec ce que la nature leur donne. Les rivières descendent fraîches et propres de la montagne. Ils leur demandent la permission de leur prendre le poisson dont ils ont besoin pour se nourrir. Ils vivent en symbiose avec le monde végétal et animal qui les entoure. Ils respectent le *Neku mapu*, la mère terre, et ne comprennent pas pourquoi les *Huincas*, les Chiliens, l'exploitent avec mépris.

Le lendemain, ils invitent les journalistes à assister à un *Nguillatún*, une cérémonie spirituelle, à condition que Marcelo ne prenne pas de photos. Avec des chants et des danses traditionnelles, au rythme du *Kultrún*, leur instrument chamanique, ils implorent les forces de la nature de leur venir en aide. Ils ont besoin qu'il pleuve pour faire pousser leurs haricots.

De retour à Temuco avec les yeux pleins d'images, Marcelo et Anna se séparent. Elle, elle va retrouver sa petite famille pour continuer le voyage vers le sud. Lui, faute de moyens, rentre à Santiago. Avec Mario et les enfants, elle passe Noël et le jour de l'an à Chiloé, fascinée par ses maisons multicolores sur pilotis, ses églises en bardeaux, ses îles et ses fjords d'un calme reposant. Mario découvre un Chili qu'il ne connaît pas. Ils font du camping en pleine campagne, entourés de vaches et de paysans accueillants. Avant de prendre le ferry pour la grande île de Chiloé, à *Calbuco*, ils dorment même sur la scène d'un théâtre. C'est le curé du village qui leur a proposé ce logis de fortune qui les protégera d'une nuit pluvieuse.

Le voyage à Santiago se fera ensuite en train depuis *Puerto Montt*. La seule ligne pas encore démantelée par le régime qui priorise les déplacements en bus : l'épouse du général possède TUR BUS, une des plus importantes flottes de cars du pays. Après douze heures inconfortables mais joyeuses et populaires dans un wagon de deuxième classe où les sièges sont en bois, ils rentrent chez eux avec le dos cassé mais avec des souvenirs inoubliables et une envie accrue de découvrir ce Chili si loin de l'oppressante capitale.


Anna et Mario essaient d'aller au moins une fois par semaine au cinéma. Ils profitent du lundi après-midi, lorsque ni l'un ni l'autre ne travaille pour s'échapper et voir les films à l'affiche. Il s'agit évidemment de films nord-américains. L'industrie cinématographique chilienne a disparu et les productions européennes brillent par leur absence.

La plupart des cinéastes, tout comme les romanciers, sont exilés et les écoles de cinéma ont été fermées. Si bien qu'il faut attendre 1988 pour que le jeune réalisateur Ignacio Aguero sorte le seul long métrage réalisé au Chili en temps de dictature. Il s'agit d'un documentaire qui s'appelle *Cien niños esperando un tren ; cent enfants qui attendent un train*. En hommage aux frères Lumière, Aguero filme un atelier de cinéma mené par Alicia Vega dans la *población* ouvrière *Lo Hermida*. Le réalisateur donne la parole aux enfants et à leurs parents. À l'écran, on peut percevoir leur pauvreté et leur marginalité mais aussi leur gaieté et leurs espoirs. Sa caméra s'attarde sur le regard émerveillé des enfants qui voyagent, à la fin du film, en *micro*. Ils vont à la découverte du grand écran et du centre-ville. Les lumières de Santiago les fascinent. Ils rient de tout et sont joyeux.

Le documentaire a fait polémique. Il a failli ne pas recevoir le feu vert des censeurs. Après débat, il fut autorisé mais interdit aux moins de 18 ans. Une seule salle du centre-ville osa le programmer. Il resta à l'affiche moins d'une semaine.

L'offre cinématographique est souvent pauvre. En tout cas, absolument pas comparable à celle que Mario avait eue dans son enfance et ensuite à Mexico, ville de vingt millions d'habitants avec une cinémathèque extraordinaire.

Des cassettes vidéo circulent cependant entre amis. Anna se souvient avoir vu, à sa sortie en 85 et en plein état de siège, cachée chez des gens revenus de l'exil, *Histoire officielle,* de l'Argentin Luis Puenzo. Ce long métrage bouleversant met en scène la métamorphose d'une professeure d'histoire secouée par les événements de 1983 qui annoncent la fin de la dictature militaire argentine. Pour la première fois de l'histoire du cinéma latino-américain, on parle des détenus-disparus. On voit les *locas*, les folles de la Place de Mai, défiler à Buenos Aires devant le palais présidentiel. Elles ont noué sur leur tête un foulard blanc et épinglé une photo sur leur robe ou leur chemisier. Elles exigent qu'on leur dise où sont passés leurs êtres chers.

Ce film elle le reverrait ensuite à maintes reprises, toujours avec beaucoup d'émotion. Des années plus tard, une fois installée en France, elle le ferait même découvrir à ses élèves de Lycée.

Elle se souvient aussi être allée voir avec Montse, enceinte de sept mois, *La femme d'à côté*, de François Truffaut. Classé X, les amies s'étaient retrouvées un samedi après-midi pluvieux à faire la queue devant une salle porno du centre-ville.

Elles avaient tout d'abord hésité avant d'acheter leur billet non seulement parce qu'il n'y avait aucune femme dans la file d'attente mais aussi parce que les hommes présents les déshabillaient du regard.

— On y va quand même ?

— Ouais, on prend le risque.

La salle n'était pas du tout pleine. Mais, à la moitié du film, les quelques hommes qui avaient osé rentrer commencèrent à geindre : ils se masturbaient à chaque fois que Fanny Ardant et Gérard Depardieu se rencontraient pour leurs ébats amoureux. Si bien qu'avant la fin du générique, elles s'empressèrent de quitter les lieux de peur d'être agressées par tous ces mâles en rut.

— T'as senti ? demanda Montse à sa copine dans la rue.

— Oui, ça sentait le sperme !

— Il y en a plus d'un qui a réussi à éjaculer, s'exclama la Catalane en s'esclaffant.

— Celui qui était assis devant nous, n'arrêtez pas de te mater. Ton ventre devait le faire fantasmer, renchérit Anna qui était elle aussi morte de rire.

Jusqu'à la fin de la dictature, c'est DINACOS, la Division de Communication Sociale, qui décidait de ce que les Chiliens pouvaient lire, écrire ou voir. C'était elle qui était garante de l'ordre moral. Pinochet parti de *La Moneda*, la censure officielle vola en éclats et les Chiliens s'empressèrent d'assister aux séances du *Dernier Tango à Paris*, de Bertolucci, sorti 20 ans plus tôt sur les écrans occidentaux. Le phénomène fit la une des journaux. La pudibonderie s'en donna à cœur joie mais sans jamais mentionner le viol dont avait été victime l'actrice Marie Schneider lors du tournage.

# Anna

Santiago, 10 août 88

*Hola amiga mía ! Comment vas-tu ma Clara ?*

*Que je suis contente d'avoir reçu de tes nouvelles ! Ici, tout le monde va bien. Les enfants grandissent et sont aux anges à l'idée d'avoir un petit frère ou une petite sœur. Je ne sais pas encore si c'est un garçon ou une fille. En tout cas, je me sens bien. Et puis je profite de ma grossesse, chose que je n'ai pas faite avec les deux précédentes. Je sais que c'est la dernière, après ça je me fais ligaturer les trompes et c'en est fini de la pilule et des différentes contraceptions. Si tu reviens pour le plébiscite, tu verras mon gros ventre. J'espère qu'il ne m'empêchera pas de travailler car ça y est, ils ont annoncé que le plébiscite aura lieu le 5 octobre. Mario bosse beaucoup et surtout un week-end sur deux. Aussi, on a acheté une voiture, d'occasion, mais c'est une petite voiture japonaise qui nous dépanne bien et qui est pratique pour se déplacer avec les enfants. D'ailleurs pour l'étrenner on est allé à Rancagua, chez la tante Aurora, celle qui a un bordel. Tu te souviens, je t'ai déjà parlé de La casa de Cristal. En fait, Aurora a appelé La Chabela, ma belle-mère, pour qu'on aille lui rendre visite tous ensemble. On y est donc allé dimanche dernier. On est arrivé peu avant midi, les demoiselles dormaient encore. C'était trop drôle de découvrir ce lieu légendaire qui a permis le dépucelage de plusieurs garçons boutonneux de la famille !*

*Il faudrait d'ailleurs qu'on fasse un reportage sur cette Casa Quinta, comme on appelle ici ces anciennes fermes, d'origine coloniale. La plupart ont été englouties par la ville mais jouissent*

170

encore d'un merveilleux jardin. Chez Aurora, il y a un palmier, un avocatier et plusieurs orangers et citronniers. Les enfants sont montés aux arbres et ont joué avec l'eau du bassin. Il est vrai qu'il ne faisait pas très chaud, mais ils se sont tout de même bien amusés.

Aurora nous a fait visiter sa maison. Si tu voyais ça ! Dans l'entrée, il y a un piano à queue noir et au-dessus des dizaines de souliers en porcelaine, qui auraient ravi Luis Buñuel, tu sais le cinéaste espagnol. On est passé devant les chambres de ces demoiselles qui sont en enfilade et donnent sur un couloir ouvert sur un patio immense baigné de lumière et de végétation. Un antre de paix à cette heure de la journée. On n'est pas resté longtemps et je n'ai pas pu échanger avec les filles qui se reposaient. Mais j'ai pensé que nous pourrions ensemble faire un reportage sur La Casa de Cristal.

Lors du coup d'État, comme Aurora connaissait la vie sexuelle de la majorité des gradés de la région, elle a sauvé la vie de son amant, un ancien maire socialiste, détenu par les militaires. Elle nous a raconté comment elle était allée trouver le chef de la garnison de Rancagua et lui avait dit :

— S'il lui arrive quoi que ce soit, je raconte tout.

Après négociation, elle avait obtenu qu'on troque à son amant la prison pour l'exil. Tu vois c'est aussi comme ça que les choses s'arrangent parfois dans ce pays. Les amis de mes amis, les connaissances des uns et des autres, les relations familiales ont permis et permettent encore de mettre des gens à l'abri et de sortir des cachots ceux qui, sans ces interventions, auraient pu ou peuvent disparaître à tout jamais.

Vois si ce genre de papier peut intéresser un canard français. Ça nous changerait un peu des articles politiques convenus et ça nous ferait sortir de Santiago. Voilà donc une idée de reportage, qu'en penses-tu ?

En attendant, je te laisse mais j'ai hâte de te revoir et de pouvoir travailler avec toi. Tu es comme un petit peu de France qui vient à moi et qui me fait du bien.

*Marcelo, mon ami photographe, me demande souvent de tes nouvelles. Il semblerait que tu lui aies tapé dans l'œil. Attention aux latins-lover ! Ahahah !*

*Autrement, nous espérons vraiment que ce Pinocho s'en ira cette fois-ci et qu'on pourra faire la fête tous ensemble. Lorsque la comète Halley était passée en 86 avec sa longue queue, les gens lui avaient demandé de l'emporter avec elle. Mais la comète n'avait rien voulu savoir ! Maintenant, je pense que – s'il s'en tient au calendrier électoral fixé par les États-Unis et le Vatican – il devrait bientôt s'en aller. Inchallah !*

*Allez, je te laisse. Je t'embrasse très fort et fais-moi signe dès que tu as ton billet d'avion.*

*Anna qui a très envie de te revoir*

# Santiago

L'année 88 fut l'année du plébiscite. En mars, Anna fut invitée par Victor Rio à intégrer une radio chilienne d'opposition à Pinochet. Ils se connaissaient du Mexique. Victor l'avait déjà embauchée six ans plus tôt, lorsqu'il était chef de rédaction des infos de Canal 13, à la télé mexicaine. Anna accepte à condition que Pedro fasse partie de l'équipe. De retour de son deuxième exil, avec nouvelle femme et enfant, Pedro consent, parce que c'est elle qui le lui demande, à travailler dans cette radio qui, ils l'apprendront ensuite, appartient au Parti communiste chilien.

Son ami a rajeuni. Sa nouvelle épouse a trente ans de moins que lui et il se sent prêt à lever ce nouveau défi. Anna quant à elle, s'apercevra très vite qu'elle est enceinte de son troisième enfant mais elle ne veut pas que sa grossesse l'empêche de travailler. Ils ont à tous deux de l'énergie à revendre.

Le plébiscite a lieu le mercredi 5 octobre, en plein printemps. Au départ, Anna, comme beaucoup de marxistes, n'y croit pas vraiment. Les Chiliens doivent se prononcer en faveur, par un *SI*, ou contre, par un *NO*, de la continuation de Pinochet à la présidence du Chili jusqu'en 1997.

Les prisonniers politiques et ceux qui vivent en exil n'ont pas le droit de s'inscrire sur les registres électoraux. En février, le général annonce, dès leur ouverture, que le régime est en train de forger une nouvelle institution démocratique capable de fonder un régime basé sur la liberté. Il explique depuis Coyhaique, la Patagonie chilienne, que :

*Le Chili ne retombera plus jamais entre les mains des communistes. Les exilés sont des gens mauvais qui voulaient que leur patrie devienne une colonie des Soviétiques. Certains d'entre eux ont même voulu assassiner leurs propres parents au nom de leur idéologie. C'est pour ça qu'ils resteront hors du Chili.*

Il mobilise les fonctionnaires qu'il fait défiler en faveur du *SI*. En uniforme, jupe et veste grise, beaucoup de femmes, secrétaires des différentes administrations brandissent des pancartes louant les mérites du général qui compte aussi sur l'appui de son épouse, Lucia Hiriart. À travers sa fondation CEMA, la première dame a réussi à pénétrer dans les villages les plus isolés du pays en créant des *centros de madres*, des centres de mères, qui lui seront éternellement fidèles. Grâce à ces centres, cette femme de pouvoir a fait fortune. Elle a aussi joué un rôle déterminant dans la carrière militaire de son mari.

Les partis politiques, interdits jusque-là, prennent position. Dix-sept d'entre eux, sans les communistes ni le MIR, Mouvement de gauche révolutionnaire, forment la *Concertación de Partidos por el NO*. Coalition qui deviendra la *Concertation de Partidos por la Democracia* qui gouvernera le pays entre 1990 et 2009 et à laquelle se rallieront certains marxistes.

Même si au départ, les gens ont du mal à s'inscrire sur les registres électoraux, petit à petit, sentant que c'est sans doute la seule possibilité d'exprimer clairement leur rejet à Pinochet, ceux qui le peuvent, le font.

Le mois de septembre 88 n'est pas comme les autres. Le 23, douze jours avant le plébiscite, *La Tencha*, Hortensia Bussi, veuve de Salvador Allende rentre de son exil mexicain. Des milliers de personnes vont l'accueillir à l'aéroport. En scandant : *On le sent, on le sent, Allende est présent*, elle est reçue comme une héroïne. Son soutien au *NO* est inconditionnel.

À partir du 5 et jusqu'au 1$^{er}$ octobre, la campagne électorale est ouverte. La télévision chilienne, jusque-là complètement contrôlée par les censeurs du régime, émet des spots de propagande.

La chanson du *NO, Chile, la alegría ya viene*, remporte beaucoup de sympathie. Elle est moderne, fraîche, nouvelle. Elle a été imaginée par une équipe qui travaille dans la pub. On voit à l'écran des Chiliens de différents secteurs économiques et sociaux danser et chanter pour que la joie revienne. Le refrain *Vamos a decir que NO*, finit par *Nous allons dire NON pour la vie et pour la paix* et une fois qu'on l'a en tête, on n'arrive plus à s'en défaire.

La campagne du *SI* a du mal à faire face à cette modernité. Les témoignages mettent l'accent sur la famille, qu'il faut protéger contre les communistes et les terroristes, et sur le succès du régime en matière de croissance économique.

Manuel et Rayen vivent leur vie d'enfants. Ils vont au parc, s'amusent sur les balançoires, jouent avec d'autres enfants et vont au marché avec leurs parents le week-end. Marché plein de fruits et de légumes, de poissons frais, de parfums et de bonne humeur. La nouvelle ambiance les rend heureux.

De retour de la maternelle, les petits ramassent les tracts qui jonchent le sol des avenues et des rues. Ils prennent la propagande du *NO*, pour leurs parents et celle du *SI*, pour leurs voisins, des petits vieux qui les gâtent en bonbons et qui ne jurent que par le général. À leur Nounou, ils donnent des deux car ses filles participent aux *protestas*, alors qu'elle et son mari, tous deux analphabètes, ont plutôt peur du changement.

C'est une période à la fois tendue et pleine d'espoir. Anna pense que Pinochet n'a aucune possibilité de gagner ce plébiscite. Elle est optimiste et voit la ville enfin avec de nouveaux yeux. Elle lui trouve du charme. Des quartiers se réveillent. Pio Nono, la rive gauche de Santiago, commence à revivre.

Tout est en émoi. Les gens se retrouvent. La peur semble petit à petit s'être retirée, même si une certaine crainte subsiste.

Après quinze ans d'absence, le groupe Inti-Illimani, connu pour avoir chanté *El pueblo Unido jamás sera vencido*, Le Peuple uni jamais ne sera vaincu, est de retour. Il chante *Vuelvo, Je reviens*.

*Con cenizas, con desgarros,*

*con nuestra altiva impaciencia,*
*con una honesta conciencia,*
*con enfado, con sospecha,*
*con activa certidumbre*
*pongo el pie en mi país,*
*y en lugar de sollozar,*
*de moler mi pena al viento,*
*abro el ojo y su mirar*
*y contengo el descontento.*[6]

On chante tout en craignant la fraude et des soubresauts des militaires. Ce n'est pas la première fois que Pinochet organise un plébiscite. En 1978 puis en 1980, il avait déjà eu recours à ce procédé électoral. La deuxième fois, c'était pour faire approuver sa Constitution. Alors, officiellement, plus de soixante-sept pour cent des Chiliens auraient soutenu ce dernier référendum. À cette occasion, les journalistes étrangers et les observateurs internationaux ne s'étaient pas déplacés et la majorité des gens de gauche était en exil, en prison, morts ou détenus disparus.

En revanche en 88, tout le monde veut assister au début de la fin du régime militaire en place depuis quinze ans. Une fin négociée avec le Vatican et le département d'État nord-Américain. Mais une fin que nombreux exilés de retour au pays ne veulent pas rater.

Clara a obtenu la correspondance de RFI, Radio France Internationale, et revient pour cet événement. Elle loge chez Anna, elles travaillent ensemble, proposent aussi à la presse française des reportages sur des thèmes qui leur tiennent à cœur. Elles rendent visite à des prisonnières politiques alors qu'Anna rentre dans son sixième mois de grossesse.

---

[6] Je reviens « avec des cendres, avec déchirement, avec une grande impatience, avec une honnête conscience, avec colère, avec suspicion, avec une active incertitude, je remarque dans mon pays, et au lieu de pleurer, de moudre ma peine au vent, j'ouvre l'œil et son regard et je retiens mon mécontentement ».

Mardi 4, veille du référendum, les gens sont à nouveau plongés dans le noir. Il y a des rumeurs de coup d'État. Depuis l'Hôtel Carrera, qui se trouve à côté de la Moneda, le palais présidentiel bombardé le 11 septembre, les journalistes étrangers sont à l'affût des informations. Anna fait le va-et-vient entre la radio et l'hôtel.

Le lendemain, les Chiliens se rendent massivement aux urnes. Il fait chaud, le soleil brûle la chaussée. La journée est tendue. Des rumeurs fusent. Les bureaux de vote fermés, inquiets, les gens rentrent chez eux. La télé est allumée et annonce à plusieurs reprises que le *SI* est en tête. C'est l'angoisse !

Dès 20 h on fait déjà la fête dans le *barrio alto*, les quartiers chics. On parle de perquisitions à la *Victoria*, d'attaque terroriste. Bien que la *Concertacion*, qui mène son propre comptage, s'aperçoive que le *NO* devance le *SI*, la télé n'en démord pas et ne lui tend pas le micro. Jusqu'à très tard le soir, pour elle le *SI* est gagnant.

Anna, Mario et leurs amis sont désespérés. Les enfants sont couchés et Anna repart à l'Hôtel Carrera. Elle y arrive avec Clara avant minuit et apprend que Pinochet est enfermé dans *La Moneda* et qu'il est furieux.

Il accuse de traîtres ses fidèles soutiens, ses assesseurs civils, tous ceux qui bénéficient du système économique qu'il a mis en place en éliminant physiquement les dissidents. Il exige la démission de ses ministres et convoque à 0 h 30 les commandants des forces aériennes, de la marine et des carabiniers, membres de la Junte. Ceux-ci se trouvent dans leurs bureaux respectifs, non loin du palais.

Ils arrivent tous les trois escortés mais à pied à *La Moneda*. Les journalistes les interpellent. Fernando Matthei, des forces aériennes, lâche : *pour moi, il est clair que le Non a gagné.*

Le scoop fait le tour du monde en moins de cinq minutes. Pinochet ne décolèrera pas de la nuit. Ses troupes n'attendent que des ordres pour intervenir. Le colonel José Zara, de l'école des parachutistes, en mars, l'a déjà prévenu :

*Mon général, sachez que les bérets noirs n'accepteront jamais que nos frères tombés en 1973 observent de l'au-delà une attitude conciliatrice ou de trahison dans nos rangs. Nos poignards brillants et acérés seront prêts à répondre à l'appel de notre leader pour défendre notre cher peuple chilien, toujours vainqueur et jamais vaincu.*

— Non, il n'en est pas question ! dit Mathei.

Les commandants qui font partie de la Junte militaire veulent qu'on suive à la lettre ce que prescrit la Constitution, qui a tout de même été faite pour que le général puisse avoir, quoi qu'il arrive, la mainmise sur le pays pendant encore plusieurs années. Cette Constitution prévoit que si le NON l'emporte, des élections présidentielles doivent avoir lieu fin 89 afin qu'un nouveau gouvernement assume ses fonctions en mars 90.

Plus d'un an d'attente ! ça semble impossible en ce mois d'octobre chaud en émotions. Dès le lendemain du cinq, c'est l'euphorie. Des gens offrent des fleurs aux carabiniers, chantent et dansent dans la rue et demandent la démission de Pinochet.

Les organisations sociales se donnent le mot : tout le monde au parc *O'Higgins !* Le samedi 8, plus d'un million de personnes se rejoignent dans ce parc qui n'a même pas réuni une telle foule lors de la visite du Pape. Les enfants sont là avec parents et grands-parents. C'est la fête. Aucun discours politique. De la musique, de la poésie, des slogans et un peuple plein d'allégresse qui exige une fois encore la démission du général. Les drapeaux, des banderoles flottent avec en toile de fond la Cordillère enneigée. Le groupe folkloriste andin *Illapu*, éclair en langue quechua, qui n'a jamais quitté le Chili, est évidemment au rendez-vous.

Anna découvre *Los prisioneros,* les prisonniers, des rockeurs issus des secteurs populaires qui ne passent pas à la radio. Ils chantent *El baile de los que sobran, La danse des laissés-pour-compte,* qui deviendra 30 ans plus tard, en 2019, l'hymne de ceux qui exigent le retrait de la Constitution (toujours là) de Pinochet et la fin d'un néolibéralisme qui les maltraite depuis tant de décennies.

Dans la semaine, le service électoral finit par publier les derniers résultats du scrutin : le *NO* l'emporte avec 54,7 pour cent des voix contre 43,01 pour le *SI*. À Santiago, le *NO* l'emporte dans 37 communes sur 51.

À la télé, le général a endossé un costume civil. Il est grave. Il prend la parole. Son discours est relayé par toutes les radios :

*Il y eut un autre plébiscite dans l'histoire, celui où le peuple devait choisir entre Jésus et Barrabas. Et il choisit Barrabas. Parfois, le peuple se trompe. Ce cinq octobre, nous avons dû lutter contre la Russie, les États-Unis, les pays européens et l'Église.*

Il ajoute : *les politiciens sont des êtres sans principes* et au *Chili il n'y a pas de pauvreté, ici personne ne meurt de faim.*

La fille d'Antoinette a un goût amer. Elle pensait que la victoire de l'opposition serait, malgré le bourrage de crâne, plus importante. Il est vrai qu'elle se meut dans des milieux qui n'éprouvent aucune sympathie pour les militaires et qu'elle n'est pas vraiment en contact avec ceux, notamment en Province, qui les défendent. Elle se rend compte qu'elle a une mauvaise perception de la réalité du pays.

# En famille

Après les vacances de Noël naît Pablo, le troisième et dernier enfant d'Anna et Mario. Antoinette décide de venir voir sa fille. Fin janvier, elle débarque et les petits sont contents de retrouver leur grand-mère française. Antoinette joue avec eux puis s'occupe beaucoup du nouveau-né. Elle adore pouponner. C'est aussi l'occasion pour les deux femmes de se retrouver. Puis c'est la première fois de sa vie qu'Anna a sa mère pour elle toute seule. Jusque-là, elle a toujours été obligée de la partager avec son frère et ses sœurs et surtout avec Paul, son père, qui a accaparé son épouse au détriment de ses enfants.

Lors de la naissance de Rayen, Anna s'est sentie tellement abandonnée et orpheline, que le soutien de ses amies et l'amour de Mario, ne suffirent pas à combler l'absence de sa mère. Pourtant Antoinette n'est pas très tendre. Elle ne supporte pas vraiment les câlins ou les embrassades. Contrairement à sa fille et aux latinos qui aiment se toucher et ont besoin de la peau des autres pour exprimer leur affection, comme sa mère, Juliette, elle est distante. Mais elle est là, et cela suffit pour rassurer et calmer les angoisses d'Anna.

Puis c'est l'occasion de parler de la famille. De Jean, dont l'attitude préoccupe Antoinette. Alors Anna, à trente-deux ans, se jette à l'eau et explique à sa mère, ce qu'elle a toujours essayé de lui cacher de peur de lui faire trop de mal, et aussi de peur que son père réagisse brutalement.

— Jean est toxico maman. Il ne fume pas que des pétards. Il a tout essayé, même l'héroïne. Sauf que, comme il a peur des piqûres, il ne s'est jamais fixé. Autrement, il serait sans doute déjà mort.

— T'es sûre ? Je sais qu'il fume de l'herbe mais pour le reste tu exagères peut-être un peu non ? répond Antoinette.

Si bien qu'Anna lui dévoile leurs histoires d'adolescents. Les plans foireux dans lesquels il l'a entraînée à plusieurs reprises. Elle lui raconte la fois où il a pris tellement de datura, l'herbe du diable, qu'on trouve notamment au Mexique, qu'il est resté un mois à ne pas savoir comment il s'appelait. À cette époque, il vivait à Marseille et étudiait soi-disant architecture à Luminy.

Elle lui raconte aussi la fois où ils sont partis faire du ski, Jean et elle, avec des copains. Jean était monté dans les Alpes avec une pochette remplie de LSD. Sauf qu'au moment du retour, il avait perdu la pochette qui contenait tous ses papiers d'identité et ses acides. Il avait fallu aller à la gendarmerie pour déclarer la perte ou le vol de cette fameuse pochette. Anna tremblait et pleurait à l'idée qu'il allait se faire choper par les flics et qu'il finirait en prison. Lui se moquait d'elle, il la traitait d'hystérique. Il était déjà dans la toute-puissance.

Elle lui parla ensuite de sa culpabilité ; de sa complicité alors qu'elle n'avait rien à voir avec ce milieu de la défonce ; de sa fuite ; du besoin de partir loin pour ne plus vivre cette angoisse ; pour ne pas avoir à les regarder en face, eux, ses parents, de crainte qu'ils ne découvrent ce qu'elle essayait par tous les moyens de leur occulter. Il y a eu pourtant des signaux d'alarme. S'ils avaient voulu savoir, ils auraient pu le voir. Mais comment aller contre l'idée que dans la famille, on était des Suisses et des Français bien comme il faut !

Antoinette accuse le coup. Sans avoir mis des mots dessus, elle se rend bien compte que sa fille ne fabule pas.

— Je peux pas raconter tout ça à ton père, dit-elle.

Elle aura du mal à accepter que son fils malade ait besoin d'aide. Il faudra attendre encore dix ans, pour qu'avec son mari, ils se rendent à l'évidence. Ce sera d'ailleurs une fois encore un différend entre Anna et son géniteur qui doutera longtemps des faits rapportés par sa fille. Lui, comme certaines de ses sœurs, la considérera comme l'emmerdeuse, comme celle qui soulève toujours des problèmes qui mettent en péril l'unité de la famille.

Pourtant, ils seront obligés d'enfermer Jean et ses allers-retours en milieu psychiatrique, entraîneront pour tous de gros moments de souffrance.


L'été est joyeux. Le couple a une voiture, une petite Subaru jaune dans laquelle ils promènent les enfants et leurs deux grand-mères entassées à l'arrière. Ils vont à la plage. Les enfants s'amusent dans le sable et se baignent même si l'eau n'est pas à plus de quatorze degrés.

Ils retrouvent Zabrina et sa marmaille dans un balnéaire populaire. Ils font aussi découvrir à Antoinette des spécialités culinaires typiquement chiliennes : les *humitas*, purée de maïs parfumée au basilic et au *merkén*, piment mapuche, enroulées dans les feuilles encore fraîches de leurs épis ; le *pastel de choclo*, une sorte de hachis parmentier, sans pomme de terre mais à base de maïs râpé.

À Valparaiso, les deux femmes, avec le bébé dans les bras, iront manger, *una paila marina*, une soupe aux fruits de mer au marché du centre-ville et visiteront la ville suspendue au gré de ses ascenseurs et de ses escaliers. Antoinette, contrairement à sa fille, ne trouvera pas beau ce port désordonné. Les toits en zinc, à travers lesquels la pluie fait des claquettes, lui déplaisent. Pour elle, la ville est pauvre et abandonnée. Anna en revanche aime la poésie du désordre, les collines qui sentent l'eucalyptus, les maisons en bois peint à moitié boiteuses, les ruelles sinueuses et parfois dangereuses et surtout ses habitants avec leurs histoires, leur humour et leurs vies.


Antoinette partie, la vie s'installe à Santiago avec les trois enfants et le travail. L'année s'annonce cruciale. L'activité culturelle gagne petit à petit de nouveaux espaces formels et informels.

# La fête commence

Rod Stewart inaugure au stade national de Santiago le premier méga- concert de l'histoire chilienne. Devant quatre-vingt mille personnes, la rock star britannique fait fureur.

Au début de l'année suivante, après les élections présidentielles, Amnistie Internationale, au nom des droits humains, remplit aussi le stade avec Ruben Blades, Congreso et Inti-Illimani entre autres. En rendant hommage aux mères et femmes des détenus disparus, Sting avec Peter Gabriel chantent en espagnol *Ellas danzan solas, Elles dansent seules, danzan con los muertos/Con los que ya no están, elles dansent avec les morts, avec ceux qui ne sont plus là*. La foule chante et pleure en même temps. Chair de poule, frissons, nœud dans le ventre, larmes, mais aussi joie et rires. Anna a l'impression de partager des émotions jusque-là réprimées.

Fin mars, le troubadour cubain Silvio Rodriguez en fait de même avec un répertoire poétique que tous les jeunes engagés contre la dictature connaissent par cœur et qu'ils chantent à l'unisson. En avril, ça sera au tour du catalan Joan Manuel Serrat de faire vibrer ce stade au si triste et douloureux passé.

L'élection présidentielle a lieu le jeudi 14 décembre. Le mur de Berlin vient de tomber et Pablo, son dernier fils commence à faire ses premiers pas.

Les candidats sont au nombre de trois. Le premier est Hernan Buchi, le ministre des Finances de Pinochet et idéologue des réformes néolibérales. Il se présente sous l'étiquette *Democracia y Progreso*. Il est jeune, blond et donne une image de modernité. Il aura à ses débuts pour chef de campagne Sebastian Piñera, l'homme qui trente ans après, en tant que président, fera exploser la colère des Chiliens.

Le deuxième : Francisco Javier Errazuriz, surnommé Fra fra, est un entrepreneur qui se vante d'avoir fait fortune en élevant depuis tout petit des poussins. Il déclare avoir voté *SI* au plébiscite bien que son cœur penchât pour le *NO*. C'est le candidat d'une droite indécise qui dit ne pas avoir d'étiquette politique.

Le troisième : Patricio Aylwin est issu de fortes négociations au sein de la Concertation Démocratique. C'est un démocrate-chrétien qui avait soutenu, au départ, le putsch militaire contre Allende, mais qui depuis a retourné sa veste et est devenu fervent défenseur de la démocratie.


Anna travaille beaucoup. Santiago est en effervescence. Et alors que plus rien ne semble pouvoir empêcher les élections, le 4 septembre, Jécar Nehgme, vingt-huit ans, porte-parole du MIR est assassiné à trois cents mètres de l'endroit où il habite. Des agents de la CNI lui tirent dessus alors qu'il marchait tranquillement dans la rue. Il est atteint par douze projectiles de différents calibres.

Le cortège, qui se rend au cimetière, passe devant la maternelle des enfants. Manuel qui a presque six ans comprend que cet homme qu'on voit sur les banderoles et sur les affiches, portant son enfant sur les épaules, est mort. Il pose beaucoup de questions. Comment va vivre le petit, qui a son âge, sans son père ? Il fait à nouveau des cauchemars. Puis il se console en disant que lorsqu'on est mort, notre corps sert à nourrir la terre.

Ce crime, le dernier perpétré par la dictature, aura lieu juste avant la dissolution de la CNI et bien des années plus tard, la justice chilienne condamnera trois de ses agents, des militaires, à trois ans de prison avec sursis pour cet assassinat gratuit dont le mobile restera obscur.

Clara est de retour. À ses côtés Francesca, une photographe italienne tombée amoureuse d'un Chilien. Toute la presse étrangère se déplace. Les interviews fusent. Pinochet est toujours présent.

Aylwin remporte l'élection présidentielle, dès le premier tour, avec 55,2 % de voix exprimées. C'est un événement historique. C'est l'euphorie et la fête ! Néanmoins, Anna et ses amis sont sceptiques quant à la transition à la démocratie annoncée par la Concertation qui permet à Pinochet de nommer le tiers du Sénat, d'être lui-même sénateur à vie et de rester commandant en chef de l'armée de terre pendant encore huit ans. Il est clair qu'avec la Constitution du général, le nouveau gouvernement a les pieds et mains liés. Mais personne ne veut parler de cet avenir sombre. On préfère fêter la victoire de la Concertation.

Aylwin assume la présidence le 11 mars. Le 12, il déclare devant une multitude de partisans *que la conscience de la nation exige qu'on sache la vérité sur les détenus disparus, sur les horribles crimes et autres violations qui ont eu lieu pendant la dictature. Cette affaire délicate doit être abordée en conciliant la vertu de la justice avec celle de la prudence ; une fois déterminées, les responsabilités personnelles, viendra l'heure du pardon.*

Fin avril, il crée la Commission Rettig, du nom du sénateur qui la préside, et qui a pour mission d'élaborer un rapport sur les violations des droits humains commises entre le 11 septembre 73 et le 11 mars 1990. Mais au nom de la vérité et de la réconciliation, son décret interdit aussi expressément à la Commission *de se prononcer sur la responsabilité d'individus pour les faits.*

Montse a fini ses études de droit, a quitté son mari et le journalisme. Elle travaille pour la commission. Les deux amies se retrouvent parfois le soir. Mais Montse est tenue par le secret professionnel. Anna la sent fatiguée et amère.

Le rapport ne répondra ni à ses attentes ni à celles des familles des détenus, disparus, exécutés. Il ne nomme aucun tortionnaire. Sitôt sorti, le président du Sénat parle d'amnistie générale. Les copines sont offusquées.

Les *rodriguistes* toujours en action, contre-attaque. Quelques jours après la publication du rapport, le sénateur Jaime Guzmán, juriste d'extrême droite et idéologue de Pinochet, est abattu en pleine rue. La droite et les militaires hurlent au terrorisme.

Le travail de la Commission Rettig passe aux oubliettes.


La découverte de cimetières clandestins bousculera les consciences de ceux qui n'ont jamais rien voulu voir ni savoir. À Pisagua, à deux milles kilomètres au nord de la capitale, en plein désert, on retrouve au mois de juin de cette année quatre-vingt-dix, un premier charnier avec vingt-deux corps momifiés emballés dans des sacs en toile de jute cousus. Ils ont tous les yeux bandés et des impacts de balles. En gros plan, on les voit à la télé. Les conditions climatiques et la présence de nitrate dans le sol ont permis la conservation de ces corps qui ont encore l'expression grimaçante de la souffrance.

Doña Ximena, mariée à l'âge de 17 ans avec un militaire, s'aperçoit avec horreur que ce que son mari violent lui racontait lorsqu'il avait trop bu est bien réel. Cette femme devenue évangéliste, a vécu pendant 20 ans avec un homme qui non seulement la battait mais qui de plus avait participé, lorsqu'il était dans l'armée, à des séances de torture.

— Quand il était ivre, il commençait à dire qu'après les avoir torturés, ils les jetaient à la mer, du haut d'un hélicoptère. Et pour qu'ils ne flottent pas, ils leur ouvraient le ventre.


C'est autour d'un café, des années plus tard que Doña Ximena raconte son histoire à Anna et Mario.

— J'étais jeune et j'en avais peur. Et puis, chaque fois que j'allais voir ma mère pour lui raconter ce qu'il me disait, elle me conseillait de ne pas faire attention, que c'était rien de plus que des histoires d'ivrogne ; qu'il fallait que je m'en remette à Dieu. Alors moi je priais et je croyais pas à toutes ces histoires de détenus disparus. C'est

186

seulement quand j'ai vu ces images de Pisagua à la télé que j'ai compris que ce qu'il racontait était vrai. Je ne voulais plus qu'il me touche et j'ai décidé de le quitter. Mais mon fils, qui a vingt ans, il sait pas tout ça et ne comprend pas pourquoi j'ai demandé à son père de partir. Heureusement que j'ai obtenu qu'il mette l'appart à mon nom.

Appartement de quarante-sept mètres carrés, qui se trouve dans une petite résidence du centre de Santiago, pas loin de l'endroit où Mario a grandi et pas loin non plus de celui où il a vécu avec Anna pendant huit ans. Installé depuis en France, le couple vient de l'acheter à Doña Ximena. Ils ont signé, payé, avant de connaître l'histoire que renferme ce lieu. Ils sont sous le choc, comme rattrapés par la dictature qui, après tant d'années, ne semble pas vouloir les lâcher.

Leur fille Rayen est retournée vivre au Chili et c'est pour elle, pour qu'elle puisse se loger décemment qu'ils ont acheté cet appartement.

— Comment veux-tu que je vive là-dedans ? dit-elle à son père.

Ils font un *sahumerio*, ils brûlent de l'encens, nettoient les lieux avec des feuilles de basilic, le repeignent en entier, avant de le mettre en location. La famille qui l'occupera, arrêtera très rapidement de payer le loyer et le détruira petit à petit avant de le quitter en laissant des factures impayées d'eau, de gaz et d'électricité.

# Épilogue

*Je ne sais pas naviguer et contrairement à mon père, Paul, je ne l'ai jamais fait. Mais j'ai toujours eu la sensation de traverser à la nage cet océan qui m'écartèle. À bout de souffle, j'ai noyé dans ses eaux profondes qui me séparent des êtres que j'aime, mes nostalgies et mes chagrins. Mais il est vrai que voyage après voyage, les allers-retours sont devenus de plus en plus éprouvants et qu'en survolant la Cordillère mes larmes ne cessent de monter et mes mâchoires de se serrer. Cette chaîne montagneuse ayant été depuis ma plus tendre enfance ma colonne vertébrale, son immensité m'émeut et me bouleverse encore aujourd'hui.*

*Verdoyante en Colombie, elle est devenue minérale au Chili. Sèche et dure mais fascinante. Vues du ciel, ses vagues semblent renfermer tant de solitudes enfouies, que j'ai du mal à imaginer qu'il puisse y avoir des êtres humains foulant ce paysage si hostile et si beau. Des lacs inaccessibles, des pics enneigés, des crevasses se cachent et j'ai peur que tout cela ne m'aspire à tout jamais.*

*C'est le vide qui me prend aux tripes, c'est ce vide qui sépare deux espaces géographiques qui n'ont rien à voir l'un avec l'autre et qui pourtant sont pour moi indissociables. J'ai toujours mal lorsque je quitte une terre. J'ai toujours mal lorsque je retrouve l'autre. Comme si on m'amputait à chaque fois d'un membre. Comme s'il fallait faire en permanence un nouveau deuil, ou renoncer à une partie de moi-même, à des odeurs, des goûts, des sensations, des sentiments, des convictions ; à des amours, des amitiés, à une façon de vivre, de se nourrir et de penser.*

*Chaque aller-retour ressemble à une petite mort et à une résurrection. C'est un passé que je veux rendre présent ; c'est une mémoire qui refuse l'amnésie ; c'est une vie faite de plusieurs vies ; c'est une douleur mêlée à de la tendresse que tous les enfants, issus de deux mondes, ressentent profondément. J'aurais voulu épargner les miens. Mais comme moi, ils sont d'ici et d'ailleurs. Ils sont dans l'entre-deux et ils ont besoin de l'ici et de l'ailleurs pour exister et respirer. C'est notre faiblesse et notre richesse ; c'est notre moteur.*

*Suis-je aujourd'hui revenue à la source ? Il y a tant d'affluents qui ont alimenté ses eaux, que mes origines se sont étalées sur deux continents et plusieurs cultures. Mon fleuve n'a donc rien de tranquille ni d'insouciant. Il ne peut être que tumultueux puisque j'ai longtemps cherché mes racines.*

*Mais avec le temps, j'ai appris que nous n'étions pas des arbres et que même, si comme eux, nous avons besoin des autres pour vivre, contrairement à eux nos racines ne sont que dans nos têtes et on les emporte malgré nous dans nos bagages. On peut les prendre avec nous et les installer loin au gré de nos déplacements et de nos envies. Il suffit évidemment de ne pas en perdre en route et la langue est ce qu'on essaie de ne pas oublier.*

*Je me meus différemment selon la terre et le parler. Les mots intimes ne se traduisent pas comme dans un dictionnaire. Leur texture et leur sonorité ne sont jamais tout à fait les mêmes et certains, j'aime les caresser plus particulièrement en espagnol, alors que d'autres je les préfère en français pour préserver tant de petites histoires dans cette grande histoire. Des petits riens qui ont fait le tout.*

*Si je pouvais rebattre les cartes, je pense que je les redistribuerais à peu près de la même façon. Les jeux ont été faits ainsi et j'ai peu de regrets. Maintenant, ma vie s'en va, elle coule plus sereine avec cette peau qui se flétrit et ces yeux pleins d'images d'un monde qui aurait mérité d'être plus humain.*

# Remerciements

Je remercie toutes les personnes qui se battent, ici comme ailleurs, contre l'impunité et tout particulièrement le Musée de la mémoire et des droits humains de Santiago du Chili, qui a archivé les crimes commis sous la dictature du Général Pinochet et qui lutte contre l'oubli, contre l'amnésie collective.

Ensuite, je tiens à remercier Anne Bragance, ma première lectrice ; Maria Poblete, mon amie fidèle et Roger Martin. Chacun. e, à sa manière, a su me guider dans ce travail d'écriture commencé lors du premier confinement.

Imprimé en Allemagne
Achevé d'imprimer en octobre 2022
Dépôt légal : octobre 2022

Pour

Le Lys Bleu Éditions
40, rue du Louvre
75001 Paris